3.

Un ranch dans le Connecticut

Série Coup de foudre

JOAN WOLF

Cecilia, mon amour

Les livres que votre cœur attend

Titre original : *Change of heart* (19)
© 1983, Joan Wolf
Originally published by
THE NEW AMERICAN LIBRARY,
New York

Traduction française de : Isabelle Stoïanov
© 1985, Éditions J'ai Lu
27, rue Cassette, 75006 Paris

Chapitre 1

PAR UN FRAIS MERCREDI DE FÉVRIER, CECILIA VARGAS achevait de donner sa dernière leçon d'équitation aux enfants des écoles voisines, quand elle aperçut sur le seuil du manège une petite fille blonde accompagnée d'un homme entre deux âges, qui paraissait l'attendre.

— J'arrive ! lança-t-elle.

Elle aida les jeunes cavaliers à descendre de leurs poneys et traversa la distance qui la séparait de l'entrée, tendit la main en souriant.

— Jennifer ?

Deux grands yeux bleus de porcelaine se posèrent sur la jeune femme brune.

— Oui.

C'était une ravissante fillette de neuf ans, un peu trop timide, un peu trop menue.

— Bonjour ! Je suis Cecilia. Mon père m'a demandé de m'occuper de toi.

— Je pensais que le *senõr* Vargas serait le moniteur de Jennifer, intervint l'homme.

Les yeux noirs de son interlocutrice se levèrent sur le visage buriné.

— Papa n'enseigne jamais aux débutants, expliqua-t-elle simplement. Je suis désolée qu'il ne vous l'ait pas signalé quand vous avez téléphoné, monsieur Archer.

Il sourit.

— Je ne suis pas M. Archer, mademoiselle Vargas, mais son chauffeur, Frank Ross. J'espère que vous ne m'en voudrez pas si je reste ?

— Bien sûr que non. Ne vous inquiétez pas, j'ai l'habitude avec les enfants. Voilà de nombreuses années que je suis professeur et...

Il eut un clin d'œil.

— Sans doute pas si nombreuses que ça, mademoiselle. Mais puisque votre père vous fait confiance, je me range à son avis. M. Archer a sélectionné son cours pour Jennifer après une minutieuse enquête.

La belle bouche de Cecilia esquissa un sourire moqueur, ses grands yeux se mirent à briller.

— Oui, papa jouit d'une excellente réputation, dit-elle simplement.

Frank s'aperçut qu'il la dévorait des yeux et il détourna la tête vers la petite fille.

— Etes-vous prête, Jennifer ?

— Oui.

Cecilia lui adressa un chaleureux sourire :

— Viens, Jenny. Nous allons te trouver une bombe. Si tu veux faire de l'équitation, il t'en faut une. Je suis très stricte là-dessus.

Elle l'emmena avec elle à travers le manège.

Jennifer se révéla douée et demanda à reprendre une leçon dès l'après-midi suivant. Cecilia le raconta le soir même à son père, au cours du dîner.

— C'est une enfant très calme, ajouta-t-elle, mais je crois qu'elle est contente.

— Elle nous le prouvera en revenant demain.

— Gilbert Archer a fait faire des recherches sur toi avant de te la confier.

Elle lui adressa un sourire.

— Et le chauffeur croyait que tu lui donnerais toi-même sa leçon.

— Oh?

Ricardo haussa des sourcils encore noirs malgré la teinte poivre et sel de son épaisse chevelure.

— Lui as-tu expliqué ce que tu dis à tous les débutants?

Il parlait un anglais parfait bien qu'encore empreint de légères traces de son Argentine natale.

— Oui, et il s'est incliné. J'imagine qu'un Archer aurait insisté plus longtemps.

Ricardo termina la dernière bouchée de son steak.

— Les gens comme Gilbert Archer ne se contentent que du meilleur. Et c'est ce qu'il aura avec toi, *niña*, ajouta-t-il avec un sourire.

— Cette Jennifer, elle me fait pitié. Elle ressemble tant à une « pauvre petite fille riche »!

— Qu'est-ce qui te fait dire ça?

— Marie Rice, sa maîtresse d'école. Je la connais bien, elle trouve l'enfant anormalement tranquille. Elle a dû beaucoup souffrir de la perte de sa mère dans cet accident d'auto, d'autant qu'il lui a fallu ensuite aller vivre chez un père qu'elle connaissait à peine.

— S'occuper d'une enfant ne doit pas non plus être une tâche facile pour un homme comme Gilbert Archer. Ce qui ne signifie pas qu'il la délaisse. Il s'est installé dans le Connecticut pour ne pas lui imposer l'atmosphère de New York. Un tel geste a d'autant plus de sens qu'il n'allait pas exactement dans son intérêt.

— Comment sais-tu que c'est pour elle qu'il a déménagé ?

— Parce que c'est Jim Johnson qui lui a vendu Les Charmes — pour une coquette somme, tu peux me croire !

— J'imagine. Je me demande combien de temps il y passe lui-même.

— C'est un homme très pris, en effet ; de ceux que leur famille ne voit pas souvent.

Cecilia se leva pour débarrasser.

— Pauvre Jennifer, répéta-t-elle.

Ayant elle-même perdu sa mère à dix ans, elle comprenait sans peine le désarroi de la petite fille. Elle sourit à son père.

— Moi, au moins, je t'ai eu tout le temps !

— Qu'as-tu prévu pour le dessert ?

— De la glace.

Aux Charmes, la conversation des cuisines tournait également autour de l'équitation.

— Comment s'est débrouillée Jennifer ? demanda Nora Ross à son mari.

Ils s'étaient mis au service de Gilbert Archer depuis que Frank avait quitté l'armée, cinq années auparavant, elle comme cuisinière et femme de chambre, lui comme chauffeur et homme à tout faire. A la mort de Mme Archer, huit mois plus tôt, ils avaient en outre pris la responsabilité de Jennifer.

— Très bien, répondit Frank. Ce n'est pas Vargas qui lui a donné sa leçon, mais sa fille. Elle a l'air de connaître son métier. Jennifer la trouve très sympathique.

— Vraiment ?

Nora parut surprise : tout comme Cecilia, les Ross s'inquiétaient du mutisme habituel de l'enfant.

— Oui, elle a même souhaité y retourner dès demain. Je demanderai son avis à M. Archer, mais je ne pense pas qu'il s'y opposera.

— Au contraire, il sera content de la voir s'intéresser à quelque chose.

Frank eut un sourire malicieux.

— Quant à moi, je n'ai rien contre le fait de l'emmener chaque jour là-bas !

— Pourquoi ?

— Parce que Cecilia Vargas est la plus jolie fille que j'aie jamais rencontrée.

— Mange ta soupe ! murmura Nora d'un ton amusé.

Bien que Gilbert Archer ne rentrât qu'à neuf heures et demie ce soir-là, il n'omit pas de passer par la chambre de sa fille, qui ne dormait pas encore.

— Bonsoir, papa !

— Il faut te coucher, ma chérie !

Il la prit dans ses bras, l'étendit sur les draps frais et s'assit à côté d'elle.

— Je suis montée à cheval, aujourd'hui, papa ! C'était super !

— Vraiment ?

Il contempla pensivement le petit visage qui s'était soudain animé.

— Oui. J'y retourne demain. Cecilia dit qu'il me faut une bombe et des bottes. Tu m'en achèteras ?

— Promis. Qui est Cecilia ?

— La jeune fille qui m'apprend à monter. Elle est super elle aussi !

— Je pensais que le *señor* Vargas s'occuperait de toi.

Il avait légèrement froncé les sourcils.

— Cecilia dit qu'il ne prend jamais de débutants. C'est sa fille. Frank trouve qu'elle travaille très bien.

Gilbert Archer n'avait jamais vu l'enfant dans un tel état d'excitation.

— Je suis content que tu te plaises là-bas, ma chérie. Je dirai à Nora de t'emmener acheter une tenue appropriée.

Quand il se pencha pour l'embrasser, leurs cheveux blond platine se mêlèrent un instant.

— Bonne nuit, petite. Dors bien.

— Bonne nuit, papa !

Deux mois plus tard, Cecilia était en train de faire courir un hongre brun dans le manège lorsqu'une femme apparut sur le seuil. Elle regarda avec un intérêt non déguisé la cavalière enlever sa monture par-dessus un obstacle puis y

10

revenir de plus en plus près, guidant le cheval d'une simple pression des mollets.

— C'est bien ! cria Cecilia.

Elle lui flatta l'encolure tout en l'amenant vers la sortie.

— Bravo ! dit la femme. Tsar paraît en pleine forme !

— N'est-ce pas ? S'il était toujours aussi docile !

Marie Rice amena son cheval gris au milieu de la piste.

— Il faut que je vous dise aussi combien Jennifer Archer a fait des progrès depuis que vous l'avez prise en main. Même à l'école elle paraît s'affirmer de plus en plus.

Cecilia sourit.

— Je suis heureuse de l'entendre. C'est une enfant adorable.

— Oui, mais très solitaire.

— Il est dur de perdre sa mère à son âge.

Son joli visage s'était soudain assombri.

— Pour autant que je sache, répliqua Marie, ça n'a pas été une bien grande perte. Jennifer avait deux ans quand ses parents ont divorcé et sa mère ne s'était pas gênée, depuis, pour s'afficher avec toutes sortes d'hommes. Plutôt que de s'occuper de sa fille, elle allait skier en hiver à Saint-Moritz, faire ses courses au printemps à Paris et passer ses étés sur des yachts.

— Mais... Jennifer ?

— Elle restait à la maison avec les domestiques.

La jeune cavalière baissa la tête, vérifia du

plat de la main que son cheval n'avait plus chaud.

— Si je comprends bien, sa situation n'a pas beaucoup changé. C'est le chauffeur qui l'amène et l'emmène chaque jour.

— Il faut reconnaître que Gilbert Archer n'a pas beaucoup de temps à lui consacrer, mais au moins le passe-t-il à autre chose qu'à courir les endroits à la mode.

— Il est vrai que son journal, *News Report*, est lu du nord au sud de l'Amérique par des millions de gens.

— J'y suis abonnée depuis des années.

Marie Rice monta en selle.

— Allons, Major, il est temps de prendre un peu d'exercice ! Je dois donner mon premier cours dans une heure et demie !

Elle lança l'animal au trot tandis que Cecilia ramenait Tsar vers son box.

Tout en le débarrassant de son harnachement, elle repensait à ce que venait de lui dire Marie. Elle savait que les parents de Jennifer étaient divorcés mais, inconsciemment, elle avait cru que la faute en incombait à Gilbert Archer. Depuis que Jennifer montait à Hilltop Farm, elle s'intéressait à lui et avait ainsi découvert que le fondateur et directeur de *News Report* était un homme puissant, dont le magazine était l'un des plus lus du pays. Tout le monde savait qu'il ne répugnait pas à en tenir lui-même certaines rubriques. Cecilia avait vu plusieurs fois sa photo, non sans étonnement : elle avait commencé par l'imaginer comme un homme plus âgé mais, selon l'article que lui avait récemment consacré le *Times*, il n'avait pas plus de trente-cinq ans.

Le pansage de Tsar terminé, elle le laissa dans son box, une couverture sur le dos, lui caressa les naseaux en sortant et ferma soigneusement derrière elle pour ne pas laisser passer de courant d'air.

Gilbert Archer avait-il l'intention de venir voir leurs installations un jour ou l'autre, ou de vérifier les progrès de sa fille ? se demanda-t-elle instinctivement.

Il vint cet après-midi-là. Jennifer avait été mêlée aux cinq autres débutants de Cecilia, dont les poneys trottinaient autour de la piste, quand un grand homme élancé apparut sur le seuil du manège.

— Tout le monde debout sur les étriers !

A l'ordre de Cecilia, les enfants se penchèrent en avant, prêts à sauter. Elle aperçut alors l'étranger. Au moment où elle allait lui demander ce qu'il voulait, Jennifer s'écria :

— Papa !

— Continue, ma chérie ! dit-il de sa voix profonde.

Ainsi, c'était Gilbert Archer. De sa place Cecilia l'observa avec curiosité. Il portait une veste de golf sur un pantalon en velours côtelé, gardait les mains dans ses poches, visiblement à son aise et heureux de retrouver sa fille.

— En souplesse, Jennifer ! lança la jeune femme. Voilà ! C'est mieux.

Ses yeux se portèrent sur le petit garçon qui la précédait.

— Prends appui sur tes pointes, Matthew, pas sur tes talons.

Et la leçon se poursuivit.

A cinq heures et demie, au moment de la dispersion, Jenny amena son poney vers son père. Ils échangèrent quelques mots puis l'enfant suivit les autres élèves pour panser son cheval. Gilbert Archer demeura sur le seuil.

— N'oubliez pas leurs couvertures ! ordonna Cecilia. Meredith, tu nettoieras un peu ta selle.

Son livre de rendez-vous à la main, elle se dirigea vers l'homme qui n'avait toujours pas bougé.

— Bonjour, monsieur Archer ! Je suis Cecilia Vargas.

Elle lui tendit la main.

Il ressemblait à son image, encore que les clichés ne pouvaient montrer l'impression d'autorité qui se dégageait du puissant patron de presse. La peau bronzée, des traits fins et le menton fendu, cela non plus les photos prises en général à la hâte ne le révélaient pas. Il avait les yeux bleus, plutôt plus gris que ceux de sa fille.

La jeune monitrice ne se rendit pas tout de suite compte qu'elle était en train de le dévisager comme une enfant ébahie, sans penser un instant au portrait qu'elle-même offrait dans son pull rouge, avec ses longs cheveux d'or foncé tirés en arrière.

— C'est donc vous, « Cecilia a dit... »

Elle perçut une trace d'amusement dans sa voix. Il prit la main qu'elle lui tendait et la serra fermement.

— Pardon ? demanda-t-elle, intriguée.

— Depuis quelque temps, Jennifer ne commence plus une phrase que par ces mots : « Cecilia a dit... », alors j'avais hâte de vous connaître.

Elle sourit.

— Je vous assure que je ne cherche pourtant pas à influencer ses jugements !

Il secoua la tête.

— Naturellement, mademoiselle Vargas. En réalité, je vous suis très reconnaissant du bien que vous lui faites.

— Je l'aime beaucoup, répondit-elle simplement.

Il la contempla un instant en silence, puis déclara soudain :

— J'aimerais vous parler.

— Bien sûr. Jennifer en a pour une petite demi-heure à soigner son poney. Venez, je vais vous préparer du café.

— Avec plaisir.

Il la suivit vers la maison de son père.

Elle le fit entrer par la porte de service qui menait directement à la cuisine, se débarrassa aussitôt de ses mocassins et se dirigea en chaussettes vers la plaque chauffante. En allumant sous la bouilloire, elle dit par-dessus son épaule :

— Asseyez-vous. Je vais mettre une bûche dans le poêle pour nous réchauffer.

Gilbert Archer s'installa devant la table, suivant des yeux la mince silhouette en jean qui allait et venait devant lui.

— Je n'aurais jamais cru découvrir tant de bois de chauffage dans le Connecticut ! remarqua-t-il.

Elle se mit à rire.

— C'est l'unique ressource naturelle de la Nouvelle-Angleterre.

Elle roula les manches de son pull.

— Je vous aurais bien présenté à mon père, mais il assiste à une réunion de l'A.A.S.E.

— L'A.A.S.E. ?

— L'Association américaine de sports équestres. La plus importante des Etats-Unis. C'est lui le président.

Il hocha la tête.

— Je vois que monsieur votre père est un personnage important !

Elle se précipita vers la bouilloire qui se mettait à chanter et sortit une cafetière. Il faisait bon maintenant dans la cuisine, Gilbert Archer ôta sa veste de golf, révélant une chemise vert olive.

Cecilia lui servit une tasse de café, sortit du lait et du sucre et vint s'asseoir en face de lui. Il s'adossa à sa chaise.

— Vous permettez que je fume ?

La jeune femme n'aimait pas ce genre de question. Bien qu'elle supportât mal l'odeur des cigarettes, la politesse lui interdisait de l'avouer.

— Oui, dit-elle en se levant. Je vais vous chercher un cendrier.

Il repoussa son paquet.

— Ne vous dérangez pas.

Les yeux gris se posèrent gravement sur elle.

— Je me faisais tant de souci pour Jennifer, reprit-il. Elle paraissait trop renfermée, anormalement pour une petite fille.

— Je sais. Mais elle commence à sortir de sa

coquille. Hier, je l'ai même surprise à chahuter dans les vestiaires avec ses camarades.

— Vos leçons lui font le plus grand bien.

Elle baissa les yeux sur les mains de son interlocuteur, de longues mains puissantes, dures comme le fer sans doute.

— Elle est particulièrement douée, reconnut-elle. Papa lui-même l'a remarqué l'autre jour, lui qui n'est pas toujours tendre avec les débutants. De plus, elle aime les chevaux.

— Vous y êtes pour beaucoup, je vous l'ai déjà dit.

Les joues de la jeune monitrice rosirent sous le compliment.

— Avec une enfant comme elle, enseigner devient un plaisir.

Il continuait à la contempler pensivement.

— Elle m'a dit que vous étiez allée la voir jouer la pièce préparée à l'école.

— En effet. Tous ses petits camarades avaient leur mère, expliqua-t-elle. C'était très amusant. Ils s'étaient donné beaucoup de mal.

Elle se crispa légèrement.

— J'espère que cela ne vous ennuie pas ? Je ne voudrais pas me mêler de la vie de Jenny si vous y voyiez le moindre inconvénient.

Il ne répondit pas tout de suite mais commença par la rassurer d'un grand sourire, puis affirma :

— Au contraire ! J'y tiens beaucoup. En fait, c'est un peu pour cette raison que je suis venu vous proposer de dîner avec Jennifer et moi demain soir.

Cecilia hésitait, profondément troublée par cette invitation et par ce sourire.

— Jennifer serait très déçue si vous refusiez, ajouta-t-il.

— Je ne refuse pas.

— Parfait. Nous passons vous prendre à sept heures ?

— Entendu.

Mon Dieu ! pensa la jeune fille. Il avait tellement plus l'air d'un jeune homme malicieux que d'un magnat de la presse !

— Je vous préviens, vous devrez sans doute vous contenter d'un hamburger dans un snack, celui où l'on trouve du pop-corn sur les tables. Jenny adore ça.

— Rassurez-vous, je connais, mon père m'y emmenait souvent. J'aimais bien les miroirs qui décoraient les murs.

— Ce n'est pas trop mauvais, concéda-t-il, si ce n'était cette odeur de pop-corn mielleux qui me soulève le cœur...

Elle rit.

— On y projette toujours des dessins animés ?

— Oui. Et maintenant ils se lancent dans les jeux vidéo.

— Nous allons nous amuser !

Il plissa les yeux gaiement.

— J'avoue que je préférerais Gaston's, le restaurant français. Je dois me faire vieux !

Non, Cecilia ne le trouvait pas vieux du tout. Il lui paraissait au contraire étonnamment jeune et plaisant. Elle se leva.

— Les enfants doivent être prêts, maintenant.

— J'emmène Jennifer et je vous dis à demain.

— A demain, monsieur Archer.

Il s'arrêta, la main sur la poignée de la porte.

— Appelez-moi Gil. Pour moi, vous ne pouvez être personne d'autre que Cecilia !

— Ah ! « Cecilia a dit... » Je vois... Gil !

Il lui fit signe de la main en sortant.

Chapitre 2

À SEPT HEURES PRÉCISES, GIL SONNAIT À LA PORTE tandis que Jenny attendait dans la voiture. Cecilia ouvrit aussitôt, adressa un salut à la fillette.

— Je suis prête, mais voulez-vous entrer une minute voir mon père ?

— Avec plaisir.

Il la suivit dans un grand salon à l'ancienne, haut de plafond, orné d'une cheminée de brique où brûlait un feu. Ricardo Vargas vint à la rencontre de son hôte.

— Papa, je te présente Gilbert Archer, le père de Jennifer. Mon père, Ricardo Vargas.

— Comment allez-vous ?

Les deux hommes se serrèrent la main. Gil eut la fugitive impression d'être un des flirts de Cecilia. Elle devait ainsi les présenter tous à son père avant de sortir avec eux.

Et si Ricardo Vargas n'approuvait pas, ces

messieurs ne devaient pas s'aventurer une seconde fois à venir chercher sa fille, supposa-t-il.

— Content de vous connaître, *señor* Vargas. Jennifer et moi sommes enchantés que Cecilia ait accepté de dîner avec nous. Elle est si gentille avec ma fille. Je lui en suis très reconnaissant.

Le visage rude de Ricardo s'adoucit.

— Elle adore les enfants. Je suis heureux que votre Jenny l'apprécie.

— Papa, il faut que nous partions. Elle nous attend !

— Oui, ne la faites pas mourir d'impatience !

Il aida sa fille à enfiler son manteau et les accompagna à la porte.

— Amusez-vous bien.

— Merci, *señor* Vargas.

— Compte sur nous, papa !

Ils coururent rejoindre la voiture dont le moteur ronflait encore, dégageant une fumée visible dans la nuit froide.

Cecilia s'amusa bien. Cette ambiance familiale et bon enfant la mettait à son aise. La joie qu'elle lisait dans les yeux bleus de l'enfant lui eût d'ailleurs suffi mais les attentions de Gil Archer y contribuèrent largement. Les deux adultes commandèrent un steak. Quant à Jenny, elle eut son hamburger plus une montagne de pop-corn. La fillette ne cessa de babiller tout au long du dîner :

— Vous alliez à la même école que moi, Cecilia, quand vous étiez petite ?

— Oui, Jenny, en effet.

— Et après ? Maman m'a toujours dit que je serais pensionnaire. Et vous, l'avez-vous été ?

— Non. J'ai suivi mes études secondaires à Notre-Dame. Je prenais le bus chaque matin et chaque soir pour rentrer.

— Je n'ai pas envie d'être pensionnaire.

Elle regarda son père d'un air de défi.

— Je préfère rester à la maison.

— Nous verrons. Tu as encore quelques années devant toi avant qu'il nous faille prendre une décision.

— Un jour ou l'autre, renchérit doucement Cecilia, chacun doit quitter sa maison.

— Pas vous ! observa la petite.

Cecilia se mit à rire.

— Tu as raison, mais je suis un cas spécial. Remarque que j'ai tout de même vécu une année à l'université en Colombie.

— Vous devez en garder de bons souvenirs, murmura Gil.

— Oui, très bons. J'y ai achevé mes études d'espagnol.

— Vous parlez couramment cette langue ?

— Quoi d'extraordinaire ? Je suis bilingue depuis ma plus tendre enfance. Mon séjour à Bogota m'a simplement permis d'en tirer un diplôme.

— Votre père est colombien ?

— Non, argentin.

— Quand est-il venu en Amérique ? demanda Jennifer.

— En Argentine on est aussi en Amérique, rétorqua gentiment Cecilia. Disons qu'il est venu aux Etats-Unis quand il a rencontré ma mère, une cavalière de classe internationale. Ils se sont connus en Europe en 1957 et mariés peu après.

— Ils ne sont jamais retournés en Argentine ?

— Non.

Il y eut un léger silence que Gil se hâta de rompre :

— Votre père doit être un fameux cavalier !

— Oh oui ! Il a gagné le grand prix d'Aix-la-Chapelle, la coupe du roi George V et une médaille olympique à Stockholm en 1956.

— Impressionnant !

Il posa ses yeux gris dans le regard bleu de la jeune fille.

— Avez-vous des ambitions olympiques, Cecilia ?

Elle rit en secouant la tête.

— Je ne peux pas. Seuls les amateurs sont admis aux Jeux.

— Dommage.

— Mon père le regrette aussi, avoua-t-elle. Mais pas moi. Il a trop besoin de quelqu'un pour l'aider à s'occuper de son manège. Notez que je fais déjà beaucoup de compétition dans les concours hippiques autorisés aux professionnels. Il m'a offert un merveilleux cheval pour le prochain tournoi et je lui laisserai pendant quelques jours tout le travail ici.

Gilbert Archer ne la quittait pas des yeux. Elle portait un pull à col boule bordeaux qui rehaussait son teint doré. Sa lourde chevelure brun-roux retombait dans son dos comme un manteau. Pour tous bijoux, elle se contentait de fins anneaux aux oreilles et d'une bague d'or.

— Vous ressemblez à une madone de la

Renaissance, dit-il lentement. Vous l'a-t-on déjà dit ?

Elle parut étonnée, puis embarrassée par ce compliment inattendu qui détonnait dans la conversation de la soirée. Il perçut sa confusion et vint à son secours :

— Que faites-vous, à part monter à cheval et enseigner l'équitation aux autres ?

— Eh bien, pas grand-chose depuis que j'ai obtenu mon diplôme de monitrice en juin dernier.

Elle semblait soulagée d'avoir pu changer de conversation.

— Ma vie doit paraître bien plate à un directeur de journal tel que vous !

— C'est une question d'opinion. Quand j'ai commencé, il y a huit ans, je ne savais pas du tout où j'allais.

— Vous devez être très fier de votre réussite. Pourquoi avoir choisi la presse ?

Elle savait, pour l'avoir lu souvent, que les Archer étaient une famille de milliardaires new-yorkais plutôt orientés dans la finance et que Gilbert en restait le seul héritier. La décision du jeune homme avait d'ailleurs fait le désespoir de son père.

Nombreux étaient ceux qui lui avaient déjà posé cette question, à laquelle il répondait de diverses façons. A Cecilia il servit une part de la vérité.

— Je trouvais que la plupart de nos grands magazines avaient sombré dans la médiocrité.

Il sourit.

— On est très arrogant à vingt-six ans.

— Ce n'est pas faire preuve d'arrogance que de vouloir réussir mieux que les autres.

L'air rêveur, il s'apprêtait à répondre quand Jennifer regagna leur table. Elle s'était amusée avec plusieurs jeux vidéo.

— Cecilia ! cria-t-elle. Jessica Fox est là avec ses parents !

— Qui est Jessica Fox ? demanda Gil.

— Une fille de ma classe qui monte à cheval avec nous. C'est ma meilleure amie !

Cecilia caressa la joue de la petite avec attendrissement. Un éclair étrange passa dans les yeux de Gil quand il remarqua ce geste.

— Es-tu prête ? demanda-t-il à sa fille. Il se fait tard maintenant.

La petite poussa un soupir.

— Dommage. On s'amusait bien.

— C'est vrai, approuva Cecilia en pensant à Gil.

Chapitre 3

ELLE NE LE REVIT PAS DE DEUX SEMAINES. DÉÇUE, ELLE s'en voulait de sa déception qui la rendait furieuse contre elle-même. Qu'avait de commun avec elle un homme comme Gilbert Archer ? En quoi pouvait-il rechercher sa compagnie ? Leur dîner, qui avait pris une telle importance à ses yeux, n'avait dû constituer qu'un événement des plus ordinaires pour lui — une faveur insignifiante accordée à sa fille.

Alors qu'elle commençait à se faire à l'idée qu'elle ne le reverrait sans doute jamais, il passa prendre l'enfant à la fin d'une leçon du vendredi. A la vue de sa haute silhouette dans l'encadrement de la porte, Cecilia ressentit un coup dans l'estomac. Je me comporte comme une sotte, pensa-t-elle aussitôt. La reprise achevée, elle se rendit lentement dans sa direction, attentive à se composer une attitude calme et amicale.

— Vous jouez les chauffeurs, aujourd'hui ? demanda-t-elle.

Elle espéra que son sourire paraissait parfaitement naturel.

— Oui, pour une fois que je rentrais tôt.

Il la contempla gravement. Elle était de taille moyenne mais se sentait petite à côté de lui.

— J'ai passé la semaine à Washington, dit-il.

— Oh !

Elle se pencha pour ramasser un caillou qu'elle lança au milieu de la piste.

— Vous devez beaucoup voyager, reprit-elle.

— Parfois il vaut mieux se trouver sur les lieux de l'action.

— J'imagine, en effet.

— Cecilia !

Meredith Holmes manifestait quelque difficulté à se dépêtrer de sa selle.

— Excusez-moi.

La monitrice se dirigea vers les écuries pour aider l'enfant et Gil la suivit sans mot dire.

Ce fut elle qui rompit le silence en lui proposant d'un ton parfaitement naturel :

— Voulez-vous visiter nos installations ?

Il sourit, répondit poliment :

— Oui, volontiers.

Ils firent un tour complet, y compris les boxes vides et la sellerie, terminèrent par la stalle d'un grand hongre brun :

— Voici Tsar, dit-elle.

Au son de sa voix, les oreilles de l'animal se dressèrent et il sortit la tête en soufflant.

Elle lui caressa gentiment le chanfrein.

— Tu es beau, murmura-t-elle.

Nullement impressionné, le cheval tira du bout des dents une carotte qui dépassait de la poche de Cecilia.

— Voleur ! s'écria-t-elle en riant.

Elle se tourna vers Gil.

— C'est le cadeau de mon père pour mes prochaines compétitions. Il est fantastique !

Gil avait appris à monter autrefois, mais l'équitation ne faisait pas partie de ses passions.

— Très beau.

Deux adolescentes emplissaient les stalles de foin et l'on entendit bientôt les animaux manger paisiblement.

— Jenny doit avoir fini maintenant, reprit Cecilia.

Elle se dirigea vers la sellerie.

Gil marchait derrière elle, les mains dans les poches.

— J'ai des billets pour cette comédie musicale que vous vouliez voir, annonça-t-il. Demain soir, ça vous va ?

— *Rio !* s'exclama-t-elle. J'aurais adoré, mais...

Elle fronça légèrement les sourcils. Il prit les devants :

— Annulez ! Vous venez à Broadway avec moi !

Elle se mit à rire.

— Je crois qu'en effet je vais vous obéir. Tim ne m'en voudra pas, car il peut me voir quand il veut.

Gil changea d'expression mais ne broncha pas. Jenny vint à leur rencontre.

— J'ai fini, papa !

28

— Je passerai vous prendre demain à cinq heures et demie. Nous dînerons avant le spectacle, si vous voulez.

C'était Frank qui conduisait la BMW quand Gil vint au rendez-vous le lendemain soir.

— Si je comprends bien, dit-elle au chauffeur, vous aurez toute la soirée pour trouver où vous garer !

— Parfaitement, mademoiselle Vargas, répondit-il en souriant. M. Archer a horreur de tenir un volant dans New York.

Elle s'assit auprès de Gil qui souriait sans répondre.

— Où dînons-nous ? demanda-t-elle, curieuse. Je n'ai jamais essayé les vrais restaurants de New York.

— Pas possible ?

Il parut surpris.

— Il ne faut pourtant pas une heure pour venir en ville.

— Quand j'y vais, c'est plutôt pour faire des achats ou pour y voir des ballets. Je trouve les restaurants trop chers.

— Je puis en tout cas vous garantir que vous ne mangerez pas de pop-corn en guise de hors-d'œuvre.

Dans le jour qui tombait, elle vit son expression de dégoût et se mit à rire.

— Je vous emmène dans un petit restaurant français, reprit-il. Vous verrez, c'est excellent, tout au moins si vous aimez cette cuisine.

— Oh oui !

Ses yeux bleus brillaient de plaisir.

La route jusqu'à New York fut agréable. Cecilia éprouva de nouveau combien il était facile de bavarder avec cet homme, elle qui avait tant redouté de se sentir intimidée par ce haut personnage, surtout en l'absence de Jennifer. Au contraire, elle était parfaitement à son aise, juste assez impressionnée par le charme de Gilbert Archer pour s'éblouir de la soirée qu'elle allait passer.

Le restaurant français combla toutes ses espérances. D'abord, le maître d'hôtel reconnut immédiatement Gil.

— Bonsoir, monsieur Archer. Votre table vous attend.

Il les mena dans un coin feutré de la salle, les débarrassa de leurs manteaux et les fit asseoir. Cecilia jeta un rapide coup d'œil alentour pour vérifier si elle portait une tenue de circonstance et conclut intérieurement que sa robe blanc nacré convenait tout à fait aux lieux et à la clientèle.

Elle avait relevé ses cheveux en chignon, ce qui lui donnait une allure plus sophistiquée et soulignait ses beaux yeux noirs, la ligne de ses pommettes et son ovale bien dessiné.

— Puisque vous ne venez pas souvent à New York, que faites-vous de votre temps libre, Cecilia ?

— Je ne m'éloigne jamais beaucoup. Je vais au cinéma, chez des amis ou dans de petits restaurants de la ville. Mais les chevaux occupent presque tout mon temps. Je ne sors guère.

Le maître d'hôtel revint prendre leur commande.

30

— Boirez-vous un apéritif ? demanda Gil.

— Un daiquiri, s'il vous plaît !

— Un martini dry pour moi.

Il attendit que le serveur se fût éloigné, puis :

— Qui est Tim ?

Elle sembla interloquée.

— Tim ?

— Celui avec qui vous aviez rendez-vous ce soir ?

Son visage s'éclaira.

— Ah ! Tim ! C'est un de mes amis. Nous sortons parfois ensemble.

Le serveur reparut avec leurs apéritifs et les menus. Elle blêmit en voyant les prix et leva des yeux horrifiés sur Gil qui partit d'un léger éclat de rire.

— Prenez ce que vous voulez, dit-il. Je vous avais avertie qu'on ne servait pas de pop-corn ici.

— En effet !

Elle jeta un nouveau regard perplexe sur son menu, entièrement rédigé en français.

— Saurez-vous vous en tirer ? interrogea-t-il.

— Oui. J'ai un peu appris cette langue à l'école, expliqua-t-elle pour masquer son émotion.

A huit heures moins dix, ils finissaient de boire leur café.

— Quel repas somptueux ! commenta Cecilia.

Elle se leva pour enfiler le manteau que lui tendait Gil.

— Heureux qu'il vous ait plu.

Il la prit par le bras et la guida vers la sortie.

Ni l'un ni l'autre n'avait remarqué la femme qui les surveillait d'une table voisine depuis près d'une heure.

Le spectacle fut très gai, haut en couleurs, et Cecilia vécut ces trois actes dans un perpétuel enchantement. Aux deux entractes, elle accompagna Gil dans le hall où il put fumer et lui présenter quelques amis. Mais elle ne prêta attention ni à leurs noms ni à leurs visages tant elle était prise par l'action de la pièce. Elle sourit poliment, répondit à quelques questions et regagna sa place avec plaisir quand la sonnette retentit.

Frank les attendait à la sortie avec la BMW.

— Quelle exactitude ! s'exclama-t-elle, admirative.

Elle s'assit à l'arrière en poussant un soupir de satisfaction.

— Et maintenant ? demanda Gil. Que diriez-vous d'un night-club ?

Elle ouvrit de grands yeux ébahis.

— Mais il doit être affreusement tard !

— Pas plus de onze heures et demie, Cecilia.

Malgré la pénombre de la voiture, elle avait remarqué son regard ironique.

— Oui, mais il nous faut déjà une heure pour rentrer. Or demain je me lève à cinq heures. Je préférerais rentrer, Gil, si cela ne vous ennuie pas.

— Mais pas du tout, répondit-il doucement. Sauf que vous devriez penser à vivre un peu plus pour vous-même.

Elle contempla ce visage si proche du sien. La lumière d'un réverbère vint éclater dans ses cheveux si blonds. Elle se dit qu'on ne pouvait rêver d'homme plus séduisant.

— J'ai une sélection importante qui m'attend demain, reprit-elle. Si je veux présenter Tsar au National en novembre, il faut qu'il commence maintenant. Et puis papa m'en voudrait de rentrer trop tard.

Il se pencha un peu plus vers elle.

— Obéissez-vous toujours à papa, Cecilia ?

— Oui, répondit-elle simplement. Après tout, c'est mon père.

Elle soutenait son regard sans la moindre gêne.

— Vous en demanderez autant à Jennifer dans quelques années, vous verrez.

Il paraissait en douter.

— Peut-être, observa-t-il. Alors rentrons.

Ils bavardèrent de choses et d'autres tandis que la voiture se faufilait par les faubourgs sombres de la ville. Cecilia tombait de sommeil et, comme ils s'engageaient sur l'autoroute, elle faillit s'endormir. Un bras se posa autour de son cou.

— Laissez-vous aller si vous êtes fatiguée, murmura une voix profonde à son oreille. Je vous réveillerai quand nous serons arrivés.

Elle ne résista plus et laissa tomber sa tête sur son épaule. Elle se sentait si bien, ainsi, qu'elle sombra aussitôt.

La colonne des potins du *New York Daily News* du lundi suivant annonçait une grande nouvelle :

« Quelle était cette mystérieuse femme brune

qui accompagnait samedi soir Gil Archer chez Guillaume ? L'éminent homme de presse paraissait attentionné, un peu trop... »

Cecilia, qui ne lisait pas ce journal et encore moins les mondanités, ne sut pas qu'elle était devenue célèbre.

Mais elle ne s'intéressait pour le moment qu'à ses concours, même si celui du samedi suivant n'avait pas l'envergure du National de New York.

Curieusement, Gil Archer en personne voulut s'y déplacer. Lui-même s'était réfugié derrière l'excuse que Jennifer mourait d'envie d'y assister. Mais au fond il savait bien que c'était Cecilia qu'il venait voir.

Il se surprenait de son propre comportement. A n'importe quelle autre femme il eût proposé une seconde soirée au restaurant mais il craignait qu'elle ne refusât. Peut-être parce qu'elle n'avait que vingt-deux ans, treize de moins que lui ! Elle devait sortir avec des étudiants et se réfugiait encore sous l'aile protectrice d'un père attentif qu'il soupçonnait de ne pas approuver ce nouvel ami, trop âgé et trop célèbre pour elle.

Gil n'avait pourtant pas l'habitude d'hésiter avec les femmes et, en général, celles-ci ne lui résistaient guère. Cette précipitation avait présidé à son mariage et, les premiers feux éteints avec Barbara, ne subsistèrent entre eux que les malentendus. L'arrivée de la petite Jennifer ne sut mettre fin à leurs dissensions.

Barbara s'était révélée trop possessive. Elle veillait sur son mari comme une mère, lui reprochait jusqu'à ses loisirs quand elle n'en faisait pas partie, s'opposait de toutes ses forces à ses projets de lancer un journal, l'accusait d'infidélité. Elle finit par avoir raison au moins sur ce point... Lorsqu'ils se séparèrent, elle était devenue amère et agressive, lui indifférent.

Il ne s'était jamais remarié et refusait qu'aucune femme pût un jour exercer les mêmes pressions sur lui. Mais il en avait beaucoup fréquenté et il savait qu'il les attirait.

Cecilia était différente, si jeune, si inexpérimentée. Il avait toujours su apprécier la beauté et la valeur des choses autant que des êtres. En Cecilia il avait découvert quelque chose de ravissant et de rare. Tout en la ramenant chez elle après le concours hippique, Jennifer assise au milieu d'eux, il lui devint évident qu'il désirait cette femme.

Chapitre 4

LE MERCREDI SUIVANT, RICARDO VARGAS ÉTAIT HOSPI-
talisé. Il toussait depuis plus de deux mois mais
refusait de voir un médecin. Ce matin-là, il
éprouva pour la première fois des difficultés à
respirer et laissa Cecilia appeler leur praticien
habituel, le Dr Harris, qui l'envoya au service
des urgences.

On le plaça sous tente à oxygène car son état
empirait d'heure en heure. Le Dr Harris voulait
qu'on le transporte dans une clinique spécialisée
mais un grave problème se posa alors : Ricardo
n'était pas couvert par les assurances sociales.

Cecilia devenait folle d'anxiété. L'hôpital
ferait de son mieux malgré son pauvre équipe-
ment puisque la clinique privée était hors de
prix.

Ricardo avait été admis à dix heures du matin.
A seize heures, Jennifer Archer et Frank Ross
vinrent le voir. Ils ne purent entrer avant que

Cecilia eût quitté le chevet de son père, aussi ne les accueillit-elle pas. Le Dr Harris s'en chargea.

En contemplant la face blême de son père à travers la tente à oxygène, elle se sentait totalement seule au monde. Il était toute sa famille. Elle ne pouvait se tourner vers personne d'autre. Sa mère était fille unique ; quant à la famille de son père, elle demeurait en Argentine. Elle n'avait que lui. Et il n'avait qu'elle. Elle devait l'aider à tout prix.

Une infirmière entra dans la chambre et lui murmura à l'oreille :

— On vous demande au téléphone, mademoiselle Vargas. C'est important.

La jeune fille suivit machinalement dans un état second.

— Allô ?

— Cecilia ? Ici Gil.

— Gil.

Elle avait répété ce nom comme dans un rêve.

— Jennifer vient de m'appeler pour m'informer du cas de votre père.

La belle voix grave la réchauffa étrangement.

— Ecoutez, petit chat, je me suis occupé de tout. Une ambulance va venir le prendre pour l'emmener à New York où l'attend l'un des meilleurs cardiologues du monde. D'accord ?

— Ce n'est pas possible... articula-t-elle dans un souffle. Oh ! Mon Dieu !

Puis son ton prit de l'assurance :

— Oui, oui, Gil ! D'accord !

— Je suis à Washington mais je pars pour New York immédiatement. Prenez l'ambulance avec votre père.

— Oui, tout de suite !

— Alors à tout à l'heure. Courage, petit chat.

Il raccrocha sans lui laisser le temps de dire merci.

Le trajet en ambulance, toutes sirènes hurlantes, se déroula comme un cauchemar. Aussitôt arrivé, Ricardo fut pris en charge par une armada de médecins qui le roulèrent sur un brancard à travers les corridors de la clinique tandis qu'une infirmière soutenait Cecilia jusqu'à un petit salon où elle la fit étendre sur un canapé.

— Le Dr Stein viendra vous voir dès qu'il aura examiné votre père, mademoiselle. Voulez-vous manger quelque chose ? Prendre une tasse de café ?

— Je veux bien du café, s'il vous plaît, répondit-elle d'une voix à peine audible.

— Je vous l'apporte immédiatement. Reposez-vous.

Elle regarda autour d'elle la bibliothèque emplie de précieux volumes, les fauteuils de cuir, considéra sa tenue d'équitation peu conforme à ces lieux puis ferma les yeux.

L'infirmière revint avec une tasse et Cecilia but lentement le liquide bouillant. Incapable de tenir en place, incapable de décider quoi que ce soit, elle dut attendre près d'une heure le retour du Dr Stein.

— Il va bien pour le moment, annonça-t-il aussitôt. Il est sous oxygène et suivi de près. Asseyez-vous, mademoiselle.

Elle se posa sur le bras d'un fauteuil.

— Mais qu'a-t-il, docteur ? Est-ce grave ?

— Je ne saurais me prononcer pour le moment. Il faudra sans doute aller y voir de plus près.

— Vous voulez dire... opérer ?

— Je le crains.

C'est à ce moment que la porte s'ouvrit sur une haute silhouette blonde.

— Gil ! s'écria la jeune femme.

Instinctivement, elle se leva et courut à lui, bras ouverts.

— Comment va, Gil ? demanda le médecin.

Sans lâcher Cecilia, le patron du *News Report* lui tendit la main.

— Bien, merci, Andy, et vous ? Et — surtout — comment se porte le père de Cecilia ?

— Etat stationnaire pour le moment mais je ne suis pas certain que le cœur soit entièrement responsable. Il y a peut-être quelque chose aux poumons. Nous l'opérons demain matin à huit heures.

— Il tiendra jusque-là ? demanda la jeune femme d'une petite voix.

— N'ayez crainte, il est entre les mains de spécialistes. Quant au diagnostic, nous verrons demain.

— Il est donc inutile que nous restions pour le moment ? demanda Gil.

— Totalement. M. Vargas est endormi. Quant à vous, mademoiselle, je vous conseille de vous reposer maintenant, vous êtes épuisée.

— Je la ramène, dit Gil. Nous reviendrons demain matin.

— Entendu. Je vous verrai dès que possible.

Gil lui serra de nouveau la main.

— Et encore merci, Andy.

— Allons, je ne fais que mon travail.

En quittant la clinique, Gil prit Cecilia par le bras.

— Vous avez entendu ce que vous a dit le docteur ? Vous avez besoin de repos.

Il se rapprocha d'elle.

— Je parie que vous n'avez rien mangé de la journée.

— Non, répondit-elle faiblement. Mais je n'ai pas faim.

— Ça m'est égal. Vous allez manger. J'ai un appartement dans la 17e Rue ; vous y dormirez, ce qui vous évitera trop d'allées et venues avec la clinique.

— Gil, comment vous remercier de tout le mal que vous prenez pour nous ?

— Remerciez plutôt Andy. Allons, venez. Nous allons commencer par un hamburger.

Finalement son appétit étonna la jeune femme. Ils dînèrent dans un petit snack proche de l'appartement. Ensuite, ils montèrent et Gil lui montra sa chambre, lui donna une veste de pyjama, une serviette et du savon en lui souhaitant bonne nuit.

Alors qu'elle croyait ne jamais réussir à s'endormir, elle s'abîma presque aussitôt que couchée dans un sommeil sans rêves. Elle s'éveilla à la pression de la main de Gil sur son épaule. Le soleil brillait à travers les stores et elle cligna les yeux en le regardant.

— Quelle heure est-il ?

En même temps elle se rappelait pourquoi elle se trouvait là.

— Huit heures, répondit-il calmement. Nous ne sommes pas pressés. L'opération sera certainement longue. Habillez-vous tranquillement et nous prendrons notre petit déjeuner avant de partir.

Il avait déjà enfilé ses vêtements, un pantalon de laine et un pull en V bleu marine. Elle esquissa un sourire tout en repoussant ses cheveux de sa figure.

— D'accord, dit-elle bravement.

L'intervention dura effectivement longtemps. Il était presque midi lorsque le Dr Stein fit son apparition.

— La cause venait bien du poumon, déclarat-il. Le chirurgien a découvert des tissus endommagés par une ancienne pneumonie mal soignée. Nous faisons faire des analyses au laboratoire.

Il fronça les sourcils devant Gil qui éteignait sa cigarette.

— J'ajouterai, mademoiselle, que si votre père avait été un fumeur, il serait mort à l'heure qu'il est !

Gil haussa les sourcils mais ne répliqua pas.

— Comment va mon père, maintenant ?

— Le mieux possible. Il devra se soigner mais il est hors de danger.

— Merci, mon Dieu ! murmura Cecilia.

— Vous pouvez le dire, rétorqua le médecin. Il aurait pu consulter plus tôt !

— Je sais. Je ne cessais de le lui répéter. Quand pourrai-je le voir ?

— Il est encore en salle de réanimation. Revenez ce soir, il aura sans doute regagné sa chambre.

— Bien. Tout se passera normalement, maintenant ?

— Oui, à moins de complications toujours possibles.

Elle poussa un soupir.

— Espérons que non. Mais je suis tout de même soulagée, confia-t-elle aux deux hommes. Je ne supporterais pas la perte de mon père.

— Vous ne le perdrez pas, répondit Gil. Il ne peut être en de meilleures mains.

Gil la ramena dans le Connecticut où elle emplit une valise et prit des dispositions pour l'entretien des chevaux. Puis il la reconduisit à New York, l'emmena déjeuner avant de l'accompagner à la clinique voir son père. Ensuite ils revinrent à l'appartement pour la nuit.

Cecilia resta avec lui quatre jours, jusqu'à ce que son père fût totalement tiré d'affaire et pût se lever. Il n'était pas encore question de le laisser quitter la clinique mais il faisait des progrès.

Durant tout ce temps, elle ne se demanda pas une fois pourquoi Gil se conduisait ainsi, comme si cette attitude allait de soi. Elle le connaissait à peine et pourtant il lui semblait que rien venant de lui ne pourrait la surprendre. Il était là, comme un rocher auquel s'agripper et elle lui en était éperdument reconnaissante. Elle avait besoin de lui.

Elle n'avait pas commencé à se préoccuper de l'aspect financier de la question que Ricardo s'en inquiétait lui-même. Quatre jours après son opération, il demandait à voir Gil seul à seul.

La jeune femme ne s'en formalisa pas, pensant qu'il voulait le remercier. Elle sortit en souriant.

— Tout d'abord, monsieur Archer, commença le malade, je tiens à vous remercier pour votre aide, à tous les points de vue.

— Laissons cela. J'ai pu le faire, je l'ai fait. D'autant qu'il s'agissait de sauver le père d'une femme qui m'est très chère.

Ricardo le considéra gravement.

— Précisément, monsieur Archer, je dois vous demander quelles sont vos intentions à l'égard de ma fille.

Formulée de la sorte, la question paraissait d'un autre siècle, mais, venant de cet homme, elle n'étonna pas Gil. Sa réponse vint sur le même ton :

— Je voudrais l'épouser, *señor* Vargas. Et je vous demande sa main.

Un long silence suivit.

— Cecilia n'est pas comme les autres filles de son âge, reprit Ricardo.

— Je m'en suis rendu compte. Et je promets de veiller sur elle.

L'Argentin hocha lentement la tête.

— Oui, vous êtes un homme. Trop de *Norte-americanos* ne sont que des enfants attardés. Cecilia a besoin de quelqu'un de solide et je pense que vous saurez faire son bonheur.

— Je m'y efforcerai. Puis-je lui parler, maintenant ?

— Oui. Vous le pouvez.

Gil eut un petit sourire.

— Merci, *señor* Vargas.

Il ne fut pas question d'argent entre eux, ni à ce moment ni à aucun autre. Tous deux savaient que Gil paierait la clinique. Mais tous deux savaient également que, si Ricardo n'avait pas agréé Gil, il ne lui aurait jamais permis de parler à Cecilia. L'argent n'était pas un argument de poids aux yeux de Ricardo Vargas.

Pour Ricardo autant que pour Gil, la réponse de Cecilia était connue d'avance. Gil savait qu'elle tenait à lui, qu'elle avait confiance en lui et lui était reconnaissante. Son père le savait aussi. Il était évident qu'elle dirait oui.

Pourtant elle ne répondit pas immédiatement, trop stupéfaite.

— Vous voulez m'épouser ? demanda-t-elle, incrédule.

— Je veux vous épouser.

Il la contemplait gravement, au milieu de la cuisine de la maison paternelle. Il l'avait ramenée chez elle sans rien dire tout au long du trajet.

Elle s'appuya au dossier d'une chaise.

— Mais pourquoi ? Vous pourriez épouser exactement qui vous voulez. Pourquoi moi ? Je ne comprends pas.

Il eut un sourire malicieux.

— Cecilia, vous êtes merveilleuse !

Il posa les mains sur ses épaules et l'attira à lui, se pencha pour l'embrasser.

Elle avait déjà reçu bien des baisers — plus que son père ne l'imaginait — mais jamais d'une telle intensité. Comme s'il réinventait le vertige. Elle s'accrocha à lui, encercla son cou de ses bras pour ne pas perdre l'équilibre. La douce pression augmentait sur ses lèvres tandis qu'il la serrait à l'en étouffer. Lorsqu'il la relâcha, elle en ressentit comme un choc et elle demeura un instant dans ses bras, étourdie.

Il caressa doucement sa joue rosie.

— Voilà pourquoi je veux vous épouser, dit-il.

Elle ne sut répondre qu'un « Oh ! » imperceptible.

— Eh bien ? demanda-t-il.

Il ne se départissait pas de ce ton gentiment moqueur qu'elle lui connaissait si bien désormais.

— Qu'en pensez-vous ? poursuivait-il.

Elle ne parvenait toujours pas à y croire. Que cet homme, ce demi-dieu veuille l'épouser, elle ! Comme elle restait interdite, il reprit la parole :

— J'ai l'agrément de votre père, si cela peut vous aider à décider.

— Vous lui en avez parlé ?

— Oui.

Il scrutait son petit visage mangé par d'immenses yeux noirs qui brillaient d'un éclat tendre et étrange à la fois.

— Cet après-midi, quand je vous ai demandé de nous laisser seuls.

— Je vois.

Elle remarqua qu'il avait les cils beaucoup plus foncés que ses cheveux.

— Je serais heureuse d'être votre femme, Gil.

Il sourit.

— Vous me comblez, mon chaton. Et Jennifer aussi.

— Je l'espère, murmura-t-elle, songeuse.

— Si nous discutions un peu de notre avenir autour d'un café ?

Elle n'y avait pas pensé et se précipita aussitôt sur la bouilloire.

Il l'avait quittée depuis longtemps qu'elle restait encore sous le coup de la surprise. Surprise qui se muait un peu en tristesse car elle s'apercevait que, pas une fois, il ne lui avait dit qu'il l'aimait.

Chapitre 5

RICARDO VARGAS QUITTA LA CLINIQUE DEUX SEMAINES après son opération pour s'en aller aussitôt passer sa convalescence dans une maison de repos en Arizona, où il resterait un mois. Le matin qui précéda son départ, Gil et Cecilia se marièrent.

Tout s'était déroulé si vite que la jeune femme eut l'impression d'être menée par les événements, de perdre le contrôle de la situation, tout agréable qu'elle pouvait lui paraître. Gil avoua qu'il avait scandaleusement négligé son travail ces derniers temps mais qu'il pourrait s'offrir une semaine de lune de miel s'ils se mariaient au début de juin car l'été serait surchargé pour lui. Ricardo aussi paraissait penser qu'un mariage rapide serait préférable ; il n'aimait pas l'idée de la laisser seule.

Aussi se marièrent-ils par un clair matin de juin. Ils accompagnèrent ensuite Ricardo à son avion et embarquèrent à leur tour pour Nassau, aux Bahamas. Un ami de Gil leur prêtait sa villa de Paradise Island.

C'était une maison de rêve, tenue par une nuée de domestiques, avec une plage privée et une somptueuse piscine bleu turquoise. Gil qui y était venu plusieurs fois fit visiter l'île à sa femme.

Elle se sentait vivre dans un rêve. Ils dînèrent dans une salle à manger aux larges baies donnant sur la mer. Tout le service était effectué par des domestiques efficaces et discrets. Elle ne se rendit pas compte de ce qu'elle mangeait, elle ne pensait qu'à Gil et à ce qui allait se passer ensuite, là-haut, dans la chambre qui leur était réservée.

Elle avait peur. Pas pour elle, car elle n'était pas une oie blanche, mais elle craignait de le décevoir. Il lui semblait, d'après tout les manuels qui paraissaient sur le sujet, qu'une bonne amoureuse devait savoir une quantité de choses compliquées. Gil était un homme d'expérience. Peut-être attendait-il d'elle beaucoup plus qu'elle ne pourrait lui donner.

Lorsqu'ils se rendirent dans la chambre après le dîner, elle tenta de lui exprimer ce qu'elle ressentait. La nuit était tombée et il se dirigea vers la fenêtre pour tirer les rideaux. Elle resta au milieu de cette grande pièce jaune et verte, à contempler la haute silhouette de celui qui était désormais son mari. Il se tourna vers elle tandis qu'elle commençait, d'une voix encore hésitante :

— Gil...

— Oui ?

Il vint à elle en souriant. Elle avait passé une robe turquoise pour le dîner et il en admirait le décolleté. Il paraissait soudain si grand, si blond.

— Je... dois tout de même vous dire que je n'ai jamais...

Incapable de supporter plus longtemps son regard, elle posa les yeux sur sa cravate, une jolie cravate bleu marine finement rayée, assortie à son blazer... qui venait de tomber sur le dossier d'une chaise. Il dégageait maintenant le col de sa chemise et défaisait cette cravate qu'elle continuait de fixer avec fascination.

— Vraiment ? demanda-t-il en riant. Je ne l'aurais pas cru.

Il souriait gentiment tandis qu'elle ne pouvait empêcher sa bouche de se crisper d'anxiété.

— Je suis terriblement ignorante. J'espère que vous ne serez pas déçu.

Il pencha la tête de côté, soudain grave.

— Vous ne pouvez me décevoir, mon chaton.

Sa voix s'était transformée en un doux murmure. Il posa la main sur sa taille pour l'attirer à lui sans la brusquer et l'embrasser.

Il l'avait souvent embrassée ces deux dernières semaines mais jamais plus avec la ferveur qui avait suivi sa demande en mariage, et jamais encore comme en ce moment. Il la serrait si fort qu'elle subit tout le poids de son corps ferme contre le sien. Elle reçut ses lèvres frémissantes contre sa bouche entrouverte. Une main remonta vers son épaule nue. L'effet fut exquis, elle avait l'impression de fondre sous sa caresse. Il détacha la bretelle de sa robe et la paume tiède se posa doucement sur son sein. Cecilia vibrait de tout son être.

Le baiser glissa lentement vers sa joue jusqu'à l'oreille.

— Mon chaton, murmura-t-il, vous n'avez pas besoin de savoir quoi que ce soit. Je vous apprendrai.

Il caressait sa poitrine, dans un mouvement à la fois léger et insistant qui mettait en feu le corps de la jeune femme.

— Gil ! murmura-t-elle.

De l'autre main, il lui dégageait les cheveux, jetant une à une les épingles qui les retenaient en un chignon serré.

— Il y a si longtemps que je vous désire, déclara-t-il d'une voix étrange. Si longtemps... ma belle Cecilia.

Les lourdes mèches retombèrent dans son dos et il tira sur la fermeture de sa robe pour faire glisser au sol le voile léger qui la couvrait encore. Elle frémit sous le regard qu'elle devinait pourtant admiratif et il se pencha pour déposer sur ses lèvres un baiser impalpable. C'était elle, maintenant, qui lui déboutonnait sa chemise.

Il la souleva de terre, l'emporta vers le grand lit déjà ouvert. Comme il l'allongeait doucement, elle sentit les draps frais glisser sous son dos. Lorsqu'il se pencha sur elle, sa respiration s'arrêta, non de frayeur mais de reconnaissance tant elle le trouvait beau et désirable.

Elle n'eut pas besoin de réfléchir pour répondre aux sollicitations de Gil. Tant il la touchait, la caressait, l'embrassait partout, lui murmurait des mots d'amour qu'elle en perdait tout sens de

50

son identité propre. Il l'emmenait là où elle n'était jamais allée et l'éblouissement la frappa par vagues de plaisir, le monde reflua, ne laissant plus, face à elle, que cet homme qui emplissait à lui seul son univers et obtiendrait ce qu'il voudrait d'elle.

Un long moment passa avant qu'elle n'ouvrît de nouveau les yeux et ce fut alors pour découvrir qu'il la contemplait gravement.

— Cecilia.

Elle perçut dans sa voix une intonation d'admiration.

Elle ne pouvait lui dire qu'une chose en ce moment :

— Je vous aime.

Un léger sourire flotta sur les lèvres de Gil.

— Mon amour, murmura-t-il, je l'espère de tout cœur !

Le visage de la jeune femme s'illumina, irradiant au milieu de la masse de cheveux d'or brun étalés sur l'oreiller. Il se pencha pour tirer sur eux les couvertures car la fraîcheur commençait à se faire sentir.

— Nous allons dormir maintenant, dit-il. Vous devez être fatiguée. La journée a été longue.

— Et belle aussi.

Doucement, elle ferma les yeux. Il la regarda un instant avant d'éteindre la lumière.

Elle s'éveilla tôt le lendemain matin et demeura immobile dans le lit, savourant le parfum de son bonheur. Gil dormait sur le côté et la vue de ce dos musclé la fit fondre d'émotion.

Quelques souvenirs épars lui revinrent alors à l'esprit qui firent courir des ondes de plaisir en elle. Elle se rappela qu'elle ne le connaissait pas deux mois auparavant. Qui eût dit, alors, en le voyant paraître sur le seuil du manège, que leur rencontre aboutirait à un tel résultat ?

Il se retourna et elle observa le mouvement de ses muscles.

— Qu'y a-t-il de si drôle ? demanda-t-il.

Il avait encore la voix enrouée de sommeil. Elle tourna la tête sur l'oreiller pour lui faire face.

— Je pensais au jour où nous avons fait connaissance.

— Ah ? Et qu'as-tu pensé de moi en me voyant pour la première fois ?

— Je t'ai trouvé très beau, avoua-t-elle malicieusement. J'avais déjà vu des photos de toi dans les journaux mais la réalité était beaucoup plus séduisante.

Il sourit.

— Cela fait toujours plaisir à entendre ! Quant à moi, j'étais heureux d'avoir le prétexte de Jennifer pour t'inviter à dîner.

Elle parut étonnée.

— Parce que tu avais l'intention de m'inviter de toute façon ?

— Cecilia ! Décidément tu es trop innocente et trop modeste ! Heureusement que tu as un mari pour veiller sur toi.

— Je ne comprends pas.

Il l'observa un instant, silencieusement. Elle n'était pas consciente de sa beauté, ne cherchait pas les compliments ; il avait toujours eu du mal à croire que de telles femmes pouvaient exister. Il demanda, les yeux plissés par la curiosité :

— Ne me dis pas que tous les garçons ne te faisaient pas la cour !

— Sûrement pas ! Ils avaient d'autres préoccupations, et moi aussi !

— Bizarre.

— Ecoute, si toi tu me fais la cour, comme tu dis, cela me suffira amplement.

Il eut un petit rire songeur.

— Compte sur moi, mon chaton.

Il n'avait pas très bien compris ce qu'elle venait de lui dire mais, tout en caressant ce joli visage aux fermes contours, il pensait qu'elle n'était pas, en effet, de ces beautés un peu artificielles que l'on voit dans les magazines ou à la télévision. Ses traits dénotaient du caractère et de l'intelligence. Comme elle paraissait un peu gênée par cet examen, il proposa :

— Que dirais-tu d'un saut dans la piscine avant le petit déjeuner ?

Elle avait espéré confusément autre chose mais n'en accueillit pas moins cette idée avec plaisir :

— D'accord ! Le dernier dans l'eau a perdu !

Les fenêtres de la chambre donnaient sur un patio d'où il fallait descendre quelques marches pour se retrouver au bord de la piscine mais, comme d'un commun accord, c'est vers la plage qu'ils se précipitèrent tous deux.

Ils commencèrent par nager pour s'habituer à la température de l'eau, puis ils s'éclaboussèrent l'un l'autre en riant, avant de sortir enfin sous le soleil radieux. En prenant sa serviette, Gil eut une autre idée :

— Promenons-nous un peu avant de rentrer. Je veux te montrer une autre plage.

Ils marchèrent main dans la main le long de l'eau et parvinrent à une crique entourée de palmiers.

— Comme c'est joli ! s'exclama-t-elle.

Elle était sincèrement ravie.

— N'est-ce pas ? Elle appartient aussi à Jim. Et totalement privée — nous ne risquons pas d'être dérangés.

Elle préféra ne pas lui demander ce qu'il entendait par là et le regarda se défaire de sa serviette.

— Gil... protesta-t-elle faiblement. Il ne...

Il l'interrompit par un baiser tout en détachant le haut de son maillot. Le contact des lèvres sur sa nuque la fit frissonner.

— J'aime beaucoup ton maillot, murmura-t-il, surtout quand tu ne le portes pas.

Il l'attira à lui, l'étreignit.

— Embrasse-moi, Cecilia.

Elle renversa la tête en arrière pour mieux l'accueillir et se sentit à nouveau chavirer quand leurs bouches se rencontrèrent. La main de Gil se promenait doucement sur son corps nu et elle se cambrait sous la fièvre qui s'emparait d'elle.

Il appuya doucement sur ses épaules pour l'étendre sur le sable tiède et elle n'opposa pas la moindre résistance, se laissant au contraire aller avec une exquise sensation d'abandon.

Il prit son temps tandis que le soleil montait haut dans le ciel, et la passion de Cecilia montait

54

avec lui jusqu'à se laisser emporter dans le tourbillon d'un plaisir dont elle ignorait jusqu'à l'existence. Elle s'agrippait à l'homme qui était capable de la mettre dans de tels transports et tous deux s'élançaient ensemble à l'assaut de leurs exigences.

Sa lune de miel représenta pour Cecilia la porte ouverte sur un monde nouveau. De l'enfant un peu naïve qui avait quitté Ricardo, elle devenait femme, une femme accomplie, épanouie par tout le bonheur qu'elle venait de découvrir.

Gil venait d'entrer dans sa vie. Elle s'apercevait maintenant qu'il l'avait toujours troublée sans qu'elle eût les moyens de bien s'en rendre compte. Maintenant elle savait. Elle savait ce que c'était qu'appartenir à un homme, avoir envie de lui, se réjouir d'un seul regard, d'un sourire. Avant son mariage, elle avait vu en lui un protecteur merveilleux, un peu comme un chevalier sur son blanc destrier. Il avait sauvé son père, l'avait soutenue dans les moments les plus difficiles. Désormais il était son mari, lié à elle par une passion intime autant qu'intense, telle qu'elle n'en avait même pas soupçonné l'existence possible entre deux êtres.

Un après-midi, elle l'observait, sans être vue, de son transat au bord de la piscine. Il avait dû se rendre à Nassau pour rencontrer un membre du gouvernement et s'était absenté toute la matinée. Plus tard, elle avait entendu claquer la porte de la voiture et le regardait qui arrivait au coin de la maison, visiblement perdu dans ses

pensées. Le soleil tropical faisait briller l'or de
ses cheveux. Dans un éclair presque douloureux,
elle pensa qu'elle l'aimait tant. C'était toute sa
vie qui venait à elle par cette chaude journée de
bonheur. Elle se leva, lui adressa un signe de la
main :

— La rencontre s'est bien passée ?

Il traversa le patio pour la rejoindre et vint
s'asseoir au bord de son transat.

— Rien d'extraordinaire. Mais j'ai préféré y
aller parce qu'il voulait me voir. J'ai toujours
pensé qu'il était préférable de garder de bonnes
relations avec les ministres.

— Oui, approuva-t-elle. On ne sait jamais.

— Exactement, conclut-il en souriant.

Il dénoua sa cravate.

— Quelle chaleur !

— Va te mettre en maillot et viens te baigner.

Il ne se leva pourtant pas tout de suite, jeta un
regard sur le livre qu'elle lisait.

— Qu'est-ce que c'est ?

— Un roman péruvien en espagnol.

Il lui passa la main dans les cheveux.

— Ma petite polyglotte ! Je crois que je vais
suivre ton conseil.

Il lui prit la main, la porta à ses lèvres.

— Si je pouvais, je te mangerais ! murmura-
t-il.

Elle le regarda entrer dans la chambre. Elle
l'aimait tant. Non, elle n'avait pas envie de
retourner dans le Connecticut.

Chapitre 6

ILS REGAGNÈRENT LES ÉTATS-UNIS EN PREMIÈRE classe par un vol régulier. A leur descente, une meute de journalistes les attendaient. Cecilia découvrit alors avec stupeur que son mariage était une nouvelle d'importance nationale.

Gil consacra cinq minutes à répondre aux questions, durant lesquelles Cecilia resta aussi près de lui qu'elle le put.

— Par ici, madame Archer !

Au moment où elle tournait la tête, un flash la surprit. Elle sursauta tandis que Gil lui posait une main sur le bras.

— Assez, mesdames, messieurs, dit-il à la cantonade.

Et il l'entraîna fermement vers la sortie de l'aéroport. Frank les attendait avec les bagages devant la voiture. Cecilia lui adressa un regard plein de reconnaissance avant de s'asseoir à l'arrière.

— Désolé, dit Gil en s'installant à ses côtés. Je donnerai une conférence de presse demain, j'espère qu'ils seront contents avec ça.

— Moi aussi.

Elle se rendait compte qu'elle ne connaissait pas le monde de Gil. Elle ne l'avait jamais vu évoluer dans son milieu à lui, seulement dans le sien, avec elle. Elle ne connaissait ni ses amis, ni ses associés, ni aucune de ses relations professionnelles ou amicales. Une partie de sa vie future lui échappait encore. Depuis le début de la maladie de son père, Gil et elle étaient restés ensemble, mais elle comprit soudain qu'une telle vie de solitude à deux ne pouvait durer, qu'elle n'existerait sans doute plus. Or la seule personne qu'elle eût envie de tolérer dans leur intimité était Jennifer. Tout d'un coup, elle eut une sensation de naufrage en écoutant Frank lui parler de gens dont elle n'avait jamais entendu le nom et qui étaient pourtant si proches de son mari. Leur lune de miel était bel et bien finie.

Sur le chemin qui menait à la maison de Gil, ce malaise ne fit que s'intensifier. Elle était déjà venue aux Charmes mais soudain elle ne voyait plus la propriété avec les mêmes yeux. Comment devenait-on la maîtresse d'un tel domaine ?

C'était un beau manoir de style géorgien, en retrait de la route, entouré de pelouses et d'arbres. Gil lui avait fait visiter toutes les pièces une à une avant leur mariage et présenté les employés journaliers qui s'occupaient de son entretien. Au rez-de-chaussée, on trouvait un grand salon, une salle à manger pour les réceptions et une plus petite pour tous les jours, un

58

salon dont les portes-fenêtres s'ouvraient sur un patio et une bibliothèque aux panneaux de chêne. L'étage ne comptait pas moins de sept chambres et leurs salles de bains. Il y avait aussi une aile pour les domestiques, où vivaient les Ross. Derrière la maison on avait installé un tennis et une piscine entourée de ses parasols.

Ils venaient de pénétrer dans le grand hall d'entrée quand résonna un bruit de pas précipités. Jennifer apparut dans l'escalier.

— Papa ! cria-t-elle.

Elle se précipita dans ses bras.

Gil lâcha la valise qu'il avait à la main pour accueillir sa fille.

— Tu n'es donc pas en classe ?

Elle posa la tête sur son épaule, comme pour se faire pardonner.

— Nora a dit que je pouvais rester à la maison aujourd'hui pour t'attendre.

Elle se tourna ensuite vers Cecilia, marqua une hésitation, comme intimidée. La jeune femme lui ouvrit les bras et l'enfant s'y jeta d'un seul coup. A travers les boucles blondes, elle capta le regard de Gil qui souriait et vit que ses yeux gris brillaient de tendresse.

En reposant la petite au sol, elle l'interrogea :

— Et mes chevaux ? Comment vont-ils ? Tout s'est bien passé ?

— Oui. Mlle Rice a été formidable avec eux, répondit Jennifer.

Elle lui raconta l'état de chacune des bêtes, très fière de son rôle d'informatrice, et ne cessa de bavarder jusqu'à la petite salle à manger où leur était servi un déjeuner. Gil paraissait fort s'amuser d'entendre ainsi discuter sa femme et sa fille, si bien qu'il ne tenta pas un instant de les interrompre.

La lune de miel de Cecilia prit fin abruptement à quatorze heures quand sonna le téléphone. Gil reparut peu après dans la bibliothèque où ils buvaient leur café.

— C'était Hank qui m'appelait du bureau. La guerre a l'air de reprendre au Moyen-Orient. Il faut que je fasse un saut au journal.

— Bien sûr.

Elle s'efforça de prendre une attitude calme.

— Rentreras-tu pour le dîner ?

— Je ne sais pas.

Il paraissait ragaillardi.

— Je te téléphonerai.

D'un air distrait, il caressa la tête de Jennifer.

— Frank m'emmène. Si tu veux sortir, prends le break.

Un baiser rapide sur le front et il était parti, visiblement heureux de reprendre sa vie effrénée.

Cecilia emmena Jennifer à Hilltop Farm, où elles ne virent plus passer le temps, entre les soins des chevaux et les mille questions qui attendaient le retour de la jeune femme. Il lui faudrait, entre autres choses, remettre en route les cours et les assurer seule tant que son père ne serait pas sur pied.

Quand elle revint aux Charmes avec sa belle-fille, Nora les avertit que Gil avait téléphoné de ne pas l'attendre pour le dîner.

— Papa ne rentre presque jamais à temps, commenta la petite.

— J'imagine qu'il a en effet beaucoup de travail en retard.

Elle avait essayé de donner le ton le plus naturel possible à sa réponse.

— Il a toujours beaucoup de travail ! renchérit l'enfant, c'est pour ça que je suis tellement contente que tu te sois mariée avec lui ! Je serai moins seule maintenant, n'est-ce pas, Cecilia ?

— Oui, répondit-elle tristement. Tu seras moins seule.

Elle passa la soirée au téléphone pour reprendre rendez-vous avec ses élèves, ceux de son père et s'organiser un emploi du temps convenable. Un lourd travail l'attendait entre les leçons et les concours.

Elle était couchée et dormait presque quand Gil arriva enfin.

— Comment s'est passée cette journée ? demanda-t-elle.

— Très bien.

Il se pencha pour l'embrasser dans son lit.

— Je ne voulais pas te réveiller, chaton.

— Ce n'est rien. Je ne dormais pas.

Il entra dans la salle de bains et, le temps de finir sa toilette, elle avait sombré dans le sommeil.

Le réveil sonna le lendemain à six heures moins le quart. Gil se retourna.

— Déjà ? demanda-t-il d'une voix endormie.

— Dors, dit Cecilia en se levant. C'est pour moi. Les chevaux n'attendent pas. A quelle heure veux-tu que je te remette le réveil ?

— A sept heures.

Habillée d'une culotte de peau et d'une chemise rose, elle descendit prendre son petit déjeuner. Ils n'étaient là que de la veille, pensa-t-elle amèrement, et déjà ne faisaient plus que se croiser.

L'invitation, en plein été à New York, surprit Gil. Il tendit le papier à sa femme.

— Nous devons nous y rendre. Sois gentille de le noter quelque part.

Ils prenaient un verre avant le dîner ce vendredi-là, un des rares soirs où Gil était rentré pour le dîner. Jennifer achevait ses devoirs dans sa chambre. Cecilia lut l'invitation.

— En l'honneur de lord Ashbrook, dit-elle. J'ai déjà entendu ce nom, je crois que c'est le nouvel ambassadeur de Grande-Bretagne aux Nations unies ; mais qui est Liz Lewis, l'organisatrice ?

Il contemplait son Martini avec un intérêt surprenant.

— Une amie. Nos deux mariages se sont brisés à peu près au même moment et nous nous sommes consolés l'un l'autre. C'est une remarquable maîtresse de maison.

— Je vois, répondit-elle lentement.

Elle n'avait pas besoin d'une longue expérience de la vie pour comprendre. Elle imaginait assez comment ils avaient pu se « consoler » l'un l'autre. Malgré un violent pincement de jalousie, elle tâcha de parler calmement :

— Sais-tu que je ne connais aucun de tes amis ?

— Eh bien ! Tu en rencontreras quelques-uns à cette soirée, ma chérie.

Il esquissa un sourire.

— Crois-moi, ils ont tous hâte de faire ta connaissance.

— Grands dieux !

Elle prit un ton exagérément effrayé.

— Que vais-je porter ?

— Une robe.

Il lui jeta un regard en coin.

— Viens à New York lundi, nous irons la choisir ensemble si tu veux.

— C'est une bonne idée, répondit-elle, soulagée. Tu sauras me conseiller précieusement.

— Tu as un goût très sûr, tu sais.

Il admira sa tenue vert pâle, ses sandales assorties et ses cheveux, retenus aux tempes par deux peignes en écaille de tortue, qui retombaient en cascade sur ses épaules.

— Merci, dit-elle doucement. N'empêche que pour une soirée j'aurai besoin de ton avis. Je suis certaine qu'on s'habille plus simplement dans le Connecticut qu'à New York.

Il sourit.

— J'aime ta simplicité. Et j'aimerais que notre vie soit plus simple aussi. Je t'ai à peine vue ces dernières semaines.

La crise du Moyen-Orient ne simplifiait pas l'emploi du temps d'un directeur de journal qui partageait ses journées entre les téléphones de son bureau et les avions. Il avait terriblement manqué à Cecilia. Elle mit une main dans la sienne, lui sourit et le regard tendre qu'il lui adressa lui fit battre le cœur.

Nora apparut sur le seuil et annonça :

— Madame est servie.

Ils se levèrent ensemble pour aller déguster le succulent bœuf casserole de la cuisinière.

Cecilia venait de revêtir une chemise de soie champagne et se démaquillait devant la coiffeuse ancienne que lui avait offerte Gil, quand ses pensées se remirent à errer sur la soirée à laquelle ils étaient invités. Elle examina son reflet dans le miroir, fronça les sourcils.

— Je devrais me couper les cheveux, décréta-t-elle. Cette coiffure devient par trop négligée.

Elle vit son mari qui apparaissait derrière elle. Il ne portait qu'un pantalon de pyjama sur sa peau encore bronzée après son retour d'Egypte.

— Coupe-les et je te bats !

Elle écarquilla les yeux. Il venait de glisser la main dans l'épaisse chevelure et la laissait s'écouler entre ses doigts tendus.

— Tu n'as pas le droit, poursuivit-il, ils sont trop beaux.

— Bien, murmura-t-elle.

Il l'embrassa doucement, sa paume glissa du cou à son épaule nue. Alors il se pencha et, des lèvres, suivit le mouvement de son bras.

— Viens, murmura-t-il.

Elle ne dit rien mais se laissa entraîner vers le lit.

Le lundi suivant, elle se rendait à New York avec Gil pour acheter sa robe. Elle finit par opter pour un fourreau de soie blanche dont toute l'élégance résidait dans la coupe parfaite et le décolleté, à la fois simple et provocant. Elle coûtait un prix exorbitant auquel Gil ne parut pas prêter attention. Ils déjeunèrent ensemble et ensuite il l'emmena chez Tiffany choisir un collier de diamants qui aille avec la robe. Cecilia protesta qu'aucune soirée au monde ne valait qu'on dépensât tant pour s'habiller mais il ne l'écouta pas.

Son seul commentaire, quand ils rentrèrent, fut prononcé sur un ton malicieux et définitif :

— J'aime dépenser de l'argent pour toi, mon chaton.

Elle ne le vit presque pas de la semaine tant son travail l'accaparait et, bien qu'elle-même débordée, Cecilia s'inquiétait de plus en plus de la tournure que prenait leur vie à deux. Elle avait l'impression qu'ils vivaient chacun la sienne de son côté et se rencontraient une fois de temps en temps dans leur chambre.

Une amélioration accompagnerait le retour de son père, se dit-elle avec espoir. Gil savait qu'elle était complètement prise par ses chevaux et ses leçons. Quand elle serait plus libre, peut-être trouverait-il le moyen de la faire participer un peu plus à ses préoccupations. A moins qu'il ne le veuille pas, pas plus que la présenter à ses amis. Après tout, ne la trouvait-il pas trop jeune ? Elle comprit soudain l'importance que pourrait revêtir pour son propre avenir la soirée en l'honneur de lord et lady Ashbrook. Ce serait une forme de test.

Chapitre 7

AVANT DE SONGER À SE PRÉPARER POUR LA SOIRÉE, Cecilia avait de longues heures de travail devant elle. Gil avait paru contrarié qu'elle voulût passer sa journée comme à l'accoutumée à Hilltop Farm mais il n'était pas question de laisser Tsar sans entraînement ni de manquer à ses nombreux élèves.

Elle rentra à cinq heures, commença par s'installer devant une collation, puis prit un long bain pour achever de se détendre. Ensuite elle prépara une valise car ils avaient l'intention de passer la nuit dans l'appartement de New York. De leur côté, Gil et Jennifer étaient restés toute la journée à paresser devant la piscine et la fillette raconta comment son père l'avait initiée au tennis, ce qui ne donna que plus de remords à Cecilia de s'être absentée. En somme, ils ne parvenaient pour ainsi dire jamais à se réunir tous les trois. Pour une fois que Gil s'offrait un peu de repos, elle avait trouvé le moyen de partir !

Elle enfila son fourreau sous les yeux de sa belle-fille.

— Tu es super, Cecilia ! s'exclama l'enfant.

La jeune femme examina avec satisfaction sa silhouette dans la glace. Le tissu blanc du décolleté n'en soulignait que mieux le cuivre de sa peau hâlée. Elle avait relevé ses cheveux en une sorte de chignon souple qu'elle avait copié sur un magazine de mode et les diamants qui entouraient son cou élancé suffisaient, de toute façon, à lui donner une allure de femme du monde.

— Merci, répondit-elle à Jennifer. Ma robe te plaît, n'est-ce pas ?

— Tu seras la plus belle de la soirée !

Cecilia se mit à rire et l'embrassa sur le front.

Frank les conduirait au Plaza où devait se dérouler la réception. Ensuite il irait porter les bagages et quelques provisions à l'appartement puis retournerait dans le Connecticut.

Gil ne dit rien quand elle apparut en haut de l'escalier ; il se contenta de l'accompagner à la voiture et de lui ouvrir la porte. Dès qu'il fut assis à côté d'elle, Frank mit le moteur en route.

Les premiers kilomètres s'effectuèrent dans le silence et la jeune femme finit par prendre la parole :

— Papa rentre mardi. Il dit qu'il se porte comme un charme. Le médecin, quant à lui, prétend qu'il pourra reprendre son enseignement petit à petit mais sans exagérer.

Elle n'avait trouvé d'autre façon de s'excuser pour son absence.

— Voilà de bonnes nouvelles, répondit-il tranquillement.

— Oui.

Elle lui jeta un regard en coin, le trouva beau dans sa tenue de soirée.

— Tu vas devoir engager quelqu'un pour entretenir sa maison et préparer ses repas, reprit-il sans quitter la route des yeux.

C'était une question qui la tourmentait elle-même depuis plusieurs jours. Il se tourna vers elle :

— Jusqu'ici je n'ai rien dit parce qu'il était malade, mais je ne veux pas que tu ailles faire la femme de ménage et la cuisinière. Trouve une personne de confiance et je la paierai.

Elle se mordit la lèvre. Elle avait bien pensé à cette solution, mais il avait une façon de dire les choses...

— Bien, répondit-elle à mi-voix. Je commencerai à chercher demain.

— Par la même occasion, engage un lad pour les écuries. Tu ne vas pas continuer toute ta vie à te lever avant six heures du matin. Tu t'en vas avant moi, avant même Jennifer. Je n'aime pas cela.

Elle baissa la tête en même temps que la voix pour répliquer :

— Ce sera très difficile !

— Tu avais bien quelqu'un quand tu es partie pour Nassau.

— Oui, Marie Rice. Mais elle est institutrice, elle me rendait un service, c'est tout. Par ailleurs, il est hors de question que papa se charge d'un tel travail.

— Cecilia.

Il parlait d'un ton très doux, très posé, mais elle ne s'y fiait pas.

— Ou tu trouves une solution à ce problème ou c'est moi qui le réglerai.

Il ne lui avait encore jamais parlé de cette façon. Elle se tassa sur elle-même, releva le menton.

— Je m'en charge, dit-elle.

— Bien.

Il lui sourit et changea de sujet.

— Tu es magnifique. Tu vas tous les laisser pantois.

En deux pensées et trois paroles, il l'avait d'abord dressée sur ses ergots puis désarmée.

— Je ne tiens pas à les laisser pantois, répondit-elle après un court silence. Je veux seulement passer une bonne soirée.

— Tu feras les deux.

Arrivés devant le Plaza, ils descendirent de la voiture au milieu d'autres personnes toutes plus âgées que Cecilia et qu'elle ne connaissait pas. Liz Lewis n'avait pas pour habitude de servir à ses invités les pizzas et la bière que la jeune femme avait dû, jusqu'ici, trouver dans les réunions où elle se rendait sans doute avec les copains de sa génération. Gil lui prit le bras pour entrer dans les salons, bien décidé à ne pas la quitter d'une semelle.

Liz Lewis, lord et lady Ashbrook accueillaient leurs invités à l'entrée. Cecilia ne put s'empêcher de dévisager leur très belle hôtesse, brune autant que Gil était blond, ses yeux bleus fendus en amande et sa bouche au vermillon éclatant assorti à sa robe. Belle, sophistiquée et assurément dangereuse. Il n'était que de voir le regard appuyé qu'elle posa sur celui qui l'avait si bien « consolée » quand Cecilia n'était encore qu'une étudiante...

Gil passa rapidement devant elle, murmura une parole aimable aux Ashbrook et entraîna sa jeune femme parmi les invités. Happé de-ci, de-là par des connaissances, il ne manqua jamais de la présenter, s'efforçant de la mêler au maximum aux conversations. Ils parvinrent finalement jusqu'au buffet où leur fut servi du champagne. Il lui murmurait parfois quelques mots à l'oreille et elle renversait la tête en arrière pour rire à son aise.

De loin, Liz les observait, les lèvres serrées.

Un homme soudain s'approcha de Gil, demandant à lui parler « en particulier ». L'interpellé hésita mais Cecilia lui adressa un signe signifiant qu'il pouvait s'éloigner un instant sans la fâcher. La jeune femme resta seule devant la fenêtre, incapable de quitter des yeux son mari qui s'en allait au côté du secrétaire d'Etat, si pressé de le voir.

Elle se sentait abandonnée au milieu de cette foule brillante et cruelle qui n'acceptait pas les étrangers en son sein. Elle eut soudain envie de reposer son verre et de s'en aller, n'importe où. Par égard pour Gil, elle s'en abstint. Plutôt demander une autre coupe de champagne pour se donner contenance.

— Cecilia !

Elle fit volte-face, surprise par la voix qui l'appelait, et reconnut une femme aux cheveux gris, vêtue de bleu, qui venait à sa rencontre en souriant.

— Maisie ! Quelle surprise !

Et quel soulagement ! Enfin un visage connu !

— C'est vous qui nous avez donné la plus grande surprise, ma chère ! J'avais beau relire les journaux, je n'en croyais pas mes yeux. Comment va votre père ?

— Bien. Il se repose en Arizona mais il rentre mardi.

— Tant mieux.

Elle fronça les sourcils.

— J'espère qu'il n'a pas renoncé à la chasse !

Maisie le considérait comme un fusil exceptionnel et le conviait souvent aux week-ends qu'elle organisait dans sa propriété avec son mari, président d'une des grandes banques de New York.

— Je ne pense pas, répondit la jeune femme sincèrement.

— Alors, racontez-moi tout ! Comment êtes-vous devenue la femme du grand Gil Archer ?

Elle sourit.

— Il m'a demandée en mariage.

Maisie éclata de rire.

— C'est tout simple, n'est-ce pas ?

Elle se hissa sur la pointe des pieds et lança d'une voix de stentor à travers le salon :

— George ! Venez voir Cecilia !

Aussitôt, fendant la foule, un homme mince et roux les rejoignit, un autre chasseur qu'elle connaissait aussi.

— Cecilia, ma chère ! Quel plaisir de vous revoir ! Comment va Ricardo ?

71

Tous trois parlaient et riaient sans contrainte quand ils furent abordés par un grand inconnu d'environ cinquante-cinq ans qui serra la main de la jeune femme avec effusion.

— Je vous connais, madame, même si vous ne savez pas qui je suis. Ma fille Nancy participe à des concours hippiques depuis huit ans. Elle s'est souvent classée troisième, plusieurs fois seconde. Mais, pour son malheur, une certaine Cecilia Vargas remportait chaque fois toutes les coupes.

Les grands yeux de la jeune femme s'arrondirent.

— Etes-vous le père de Nancy Clark ?

— En effet.

Elle sourit.

— Comment va-t-elle ? J'en garde un si bon souvenir !

Lorsque Gil se libéra après une heure de discussion il retrouva sa femme au milieu d'un groupe animé dans lequel il reconnut deux présidents de banques et leurs femmes, deux notables de Wall Street et l'ambassadeur d'Irlande.

Il en conçut à la fois surprise et fierté. Lui qui avait considéré les activités équestres de Cecilia pour le mieux comme une frivolité et souvent comme un embarras, s'apercevait qu'elles pouvaient, à l'occasion, l'introduire aussi parmi la meilleure société de New York.

— Quel dommage, disait Mark Evans, que nous ne puissions vous inclure dans notre équipe olympique avec Tsar ! Vous y feriez merveille !

Gil comprit qu'il ne s'agissait pas moins que

du président de la Fédération équestre des Etats-Unis.

— J'espère en tout cas, poursuivait-il, que nous vous verrons cet automne à Harrisburg ?

Cecilia lança un regard rapide en direction de Gil qu'elle venait d'apercevoir.

— Je ne sais pas, dit-elle. Mais je reconnais que Tsar est un cheval exceptionnel.

La conversation repartit de plus belle, à l'étonnement de Gil qui ne pensait pas avoir une femme aussi brillante. Son aisance, sa simplicité faisaient visiblement l'admiration de tous et il l'écouta avec ravissement.

Ils furent cependant parmi les premiers invités à quitter la soirée. A une heure du matin, la jeune femme se sentait très fatiguée bien qu'elle s'efforçât de ne pas le montrer. Elle était en train de bavarder avec lord Ashbrook et Liz quand il vint se planter derrière elle et murmura, assez fort pour être entendu de tous :

— J'ai fait appeler un taxi. Il est temps de rentrer, ma chérie.

Elle essaya de camoufler son soulagement.

— Comme tu voudras, Gil.

Liz haussa un sourcil.

— Seigneur ! Te voici devenu un tyran, mon ami ! Je me demande comment Cecilia peut supporter une telle autorité.

— J'ai l'habitude, répondit l'intéressée. Mon père vient d'Amérique latine.

— Et j'ai toujours aimé les femmes obéissantes, renchérit Gil imperturbable.

— Vous devez être comblé avec une si délicieuse épouse, dit lord Ashbrook sans cacher son

73

admiration. J'ai été très heureux de faire votre connaissance, madame.

— Merci, murmura Cecilia.

Elle se tourna vers Liz en souriant :

— Votre soirée était tout à fait remarquable, madame. Merci infiniment.

— Appelez-moi Liz. Après tout, Gil et moi sommes de vieux amis.

— Vraiment ?

Elle ne put réprimer un nouveau pincement de jalousie, d'autant qu'il avait bien passé une demi-heure à parler seul avec leur provocante hôtesse tandis qu'elle était retenue par son groupe d'admirateurs dont la conversation de spécialistes équestres ennuyait mortellement, supposait-elle, son mari.

Elle fut heureuse de sortir enfin à son bras de ces salons étouffants. Décidément, elle n'aimait pas Liz Lewis.

Tandis que le chauffeur démarrait, Gil lui caressa la main.

— J'espère que tu n'es pas contrariée de partir maintenant. J'ai pensé que tu devais être fatiguée après cette longue journée.

— Tu as eu raison. J'étais très contente de ton intervention.

Elle étouffa un bâillement.

— Je suis éreintée.

— Ma petite cavalière !

Il paraissait ému.

— Quand je pense que je me faisais du souci parce que tu ne connaissais personne !

Elle posa la tête sur son épaule et il passa un bras derrière son dos. Elle se blottit contre lui.

— Imagine que moi aussi, mais la moitié des invités étaient chasseurs, comme mon père, et cela je l'ignorais.

Il rit doucement.

— Au fond tu étais une femme du monde sans le savoir.

Quand ils parvinrent à la 17ᵉ Rue, elle dormait profondément.

A son habitude, Cecilia s'éveilla fort tôt le lendemain matin. Elle demeura sans bouger, songeant à leur soirée de la veille, poussa un soupir de plaisir en pensant qu'elle n'avait pas besoin de se lever et se tourna pour se rendormir. La main de Gil se posa sur sa taille. Elle leva les yeux vers son visage et vit qu'il la regardait.

— Tu ne dors pas, à cette heure-ci ? demanda-t-elle.

— J'attendais que tu te réveilles.

Il la contemplait gravement et, quand sa caresse se fit plus précise, elle se dit qu'il avait dû sentir l'émotion qu'il venait de faire naître en elle.

— Cecilia, ma douce !

Il glissa une jambe entre les siennes, s'approcha d'elle et ses lèvres vinrent caresser la vallée qui séparait ses seins.

— J'aime tant l'amour avec toi, murmura-t-il.

Elle ne bougeait pas, savourant les gestes tendres de son mari. La fraîcheur de la climatisation ne parvenait pas à tempérer la tiédeur de ce corps qui se serrait au sien, qui la désirait.

— Gil !

Elle avait articulé son nom dans un souffle et

se cambrait pour mieux s'offrir à lui. Un élan de passion lui fit battre le cœur, elle l'étreignit dans ses bras. Elle éprouva un soudain ravissement à caresser son dos, heureuse de le sentir si proche, tout à elle. Il l'embrassait tant qu'elle finit par gémir d'impatience et presque inconsciemment elle enfonça ses ongles dans sa chair.

— Gil ! cria-t-elle.

Il se redressa légèrement, sourit.

— Oui ? Que veux-tu ?

— Toi !

Il parut galvanisé par cette audacieuse déclaration qu'elle avait lancée d'une voix sourde, transformée par l'ivresse où il l'entraînait.

Elle ferma les yeux pour ne pas laisser s'éparpiller la moindre des sensations qu'il faisait naître et gonfler en elle, incapable de retenir sa respiration gémissante qu'elle lui dédiait de tout son être. Elle n'était plus elle-même, mais eux deux, sûre de partager jusqu'au moindre tressaillement intime. A la pointe de leur désir exacerbé, ils éclatèrent ensemble en myriades de flèches de feu rougeoyantes et folles de plaisir, en un seul cri, en un seul souffle.

Accrochés l'un à l'autre, ils tombèrent directement dans le sommeil et Cecilia ne se réveilla que tard dans la matinée. Elle découvrit Gil adossé contre son coussin, plongé dans la lecture d'un journal.

Il ne remarqua pas immédiatement qu'elle le regardait, émue par ses cheveux en bataille comme ceux d'un enfant, mais aussi par ses épaules larges et bronzées et sa barbe blonde qu'il n'avait pas encore rasée.

76

— Le monde existe encore ? demanda-t-elle en se redressant.

Il baissa la tête, repoussa son journal.

— Qu'importe ? dit-il.

Et il se pencha pour l'embrasser.

Chapitre 8

CECILIA RENTRA RAYONNANTE DE SON WEEK-END À New York. Ils avaient finalement décidé de rester jusqu'au lundi matin et Gil était parti directement à son bureau tandis que Frank ramenait Cecilia dans le Connecticut. Ce dimanche à deux avait été comme un bref prolongement de leur lune de miel et la jeune femme espérait qu'il en serait plus souvent ainsi à l'avenir.

— Nous avons beaucoup parlé de Jenny, lui avait-elle dit la veille au soir, mais jamais encore d'autres enfants. Aimerais-tu en avoir ?

— Oui, répondit-il aussitôt. J'en voudrais d'autres.

Il leva les yeux sur sa femme, l'air interrogateur :

— Je suis content que tu poses la question. En as-tu envie toi-même ?

— Oui.

Son visage s'éclaira et il tendit la main pour lui caresser le poignet.

— Ma belle Cecilia, dit-il doucement, nous aurons tous deux un magnifique bébé.

Sa voix prenait parfois de ces inflexions si tendres... Dans ces moments elle l'aimait tant qu'elle en parvenait au bord de la souffrance.

Elle trouva quelqu'un pour nourrir les chevaux le jour même de son retour de New York. Alors qu'elle s'était rendue avec Jennifer à Hilltop Farm juste après le déjeuner, elle avait découvert que Lady, l'une de leurs meilleures juments, boitait depuis samedi. Elle fit appeler le vétérinaire qui vint l'après-midi et, quand il eut ôté la petite pierre qui s'était logée sous le sabot, Cecilia l'invita à prendre un café, ce qu'il accepta avec empressement.

Le Dr Curran l'écoutait bavarder d'une oreille absente, perdu dans les rêveries que faisaient naître en lui les traits de ce beau visage. Oui, vraiment, elle devenait plus jolie de jour en jour.

Tim Curran avait vingt-six ans et travaillait pour Ricardo Vargas depuis quelques mois. Il était tombé amoureux de Cecilia à l'instant même où il avait fait sa connaissance mais, ne voulant pas la brusquer, ne lui avait fait aucune déclaration définitive. Tout d'un coup Gilbert Archer avait surgi et quasiment enlevé la jeune femme que le jeune vétérinaire n'avait pas revue depuis son mariage.

— Alors ? demanda-t-il d'une voix qu'il voulait gaie, comment vous sentez-vous dans la peau d'une femme mariée ?

— Très bien.

Elle répondait en toute innocence, car elle ne s'était jamais rendu compte des sentiments de Tim à son égard.

— Sauf... ajouta-t-elle en fronçant les sourcils, que je dois trouver au plus vite quelqu'un pour me remplacer le matin auprès des chevaux. Auriez-vous une idée ?

Il but un peu de café, réfléchit.

— Je verrais peut-être Harry Amesly. Il a toujours eu des chevaux chez lui et son écurie a brûlé la semaine dernière. Il cherchait à louer un box pour ses animaux et, comme il n'est pas très riche, il apprécierait certainement d'effectuer ce travail en échange de votre hospitalité.

Elle sourit, soulagée.

— Tim, vous êtes un ange ! Ce serait la solution idéale. Je lui téléphonerai dès ce soir.

— N'hésitez pas à me demander si vous avez des difficultés.

Il paraissait parfaitement à son aise.

— Quand votre père rentre-t-il ?

— Demain.

— Il ne souffrira pas trop de se retrouver seul ?

Il se leva pour aller déposer sa tasse dans l'évier.

— A-t-il recouvré toutes ses forces ?

Elle soupira.

— Il prétend que oui et le médecin aussi. Il n'empêche qu'il doit prendre des précautions. Seulement, en bon Latino-Américain, il ne connaît la cuisine que parce qu'il vient y dîner. Sinon, je doute qu'il sache seulement faire bouillir de l'eau. Je vais devoir lui engager une gouvernante.

Elle eut un sourire gêné.

— N'en auriez-vous pas une sous la main, par hasard ?

— Non, désolé.

Il marqua une hésitation puis :

— Au fait, pourquoi ne le gardez-vous pas chez vous ?

— Il le faudra bien, le temps que je lui trouve quelqu'un.

Elle se leva.

— Merci pour votre aide.

— Ce n'est rien, Cecilia. N'hésitez pas à m'appeler en cas de besoin.

Gil ne rentra pas dîner ce soir-là. D'ailleurs il ne rentra pas du tout. Il avait expliqué à Cecilia qu'une difficulté le retiendrait jusqu'à l'aube au bureau et qu'il irait dormir à l'appartement.

Elle ravala sa déception.

— Comme tu voudras, Gil. J'ai pris contact avec plusieurs agences qui vont chercher une gouvernante pour papa mais nous ne la trouverons pas du jour au lendemain. En attendant, es-tu d'accord pour qu'il reste à la maison ?

— Naturellement.

Elle l'entendit s'adresser à quelqu'un d'autre à côté de lui :

— Dites-leur que j'arrive.

Puis il revint à elle :

— Il faut que j'y aille, Cecilia. Garde ton père aussi longtemps qu'il le voudra. Frank t'accompagne à l'aéroport demain ?

— Oui.

— Bien. Je tâcherai de passer demain soir mais ne compte pas trop sur moi.

— D'accord. Au revoir, Gil.

— Au revoir, mon chaton. Embrasse Jen pour moi.

— Promis.

Il raccrocha.

La vie s'organisait à Hilltop Farm. Mme Loren vint s'occuper de la maison de Ricardo Vargas; Cecilia garda son cours de débutants tandis que son père reprenait ses leçons tout en guidant l'entraînement de la jeune femme sur Tsar. Elle voulait gagner sa coupe en novembre à New York, et pas seulement pour son père.

Elle montait et enseignait le matin, puis passait ses après-midi au bord de la piscine en compagnie de Jennifer, parfois entourée d'amis, car les vacances battaient leur plein. La fillette s'épanouissait de jour en jour et, en la regardant plonger, sa jeune belle-mère avait du mal à croire qu'il s'agissait de l'enfant timide qu'elle avait connue six mois plus tôt.

Plusieurs fois par semaine, d'autres adultes se joignaient à elles : son père, Marie Rice ou les mamans des amis de Jenny et, plus rarement, Gil : très pris par ses obligations, il ne fit que de brèves apparitions au cours de ce chaud mois de juillet.

Cecilia passait son temps à l'attendre. Quand elle montait à cheval, quand elle bavardait, quand elle jouait au tennis ou surveillait Jenny et ses amis, elle paraissait gaie mais se tourmentait au fond d'elle-même. Sa vie entière allait-elle se dérouler sur ce mode ? Quand reviendra-t-il à la maison ? ne cessait-elle de se demander. Quand le reverrai-je ? Quand connaîtrons-nous l'intimité normale de tous les couples ? Elle détestait se retrouver seule dans ce grand lit la nuit. Elle dormait mal quand il n'était pas là.

Malgré tout, elle espérait que ces absences n'étaient que temporaires, qu'une fois ses difficultés réglées, Gil pourrait lui consacrer un peu plus de son temps. Hélas ! Le jour où il lui annonça qu'il partait pour deux semaines en Angleterre, en France et en Allemagne, elle se dit soudain qu'après tout il n'avait peut-être pas envie de la voir plus souvent et que, contrairement à elle, ce rythme lui convenait parfaitement.

Selon ses dires, il s'agissait d'un voyage d'affaires. Il avait plusieurs rendez-vous avec des ministres, des banquiers et des syndicalistes. *News Report* préparait pour l'automne une grande enquête sur l'économie européenne. Pour une fois, Cecilia ne put s'empêcher de suggérer :

— Et si j'allais avec toi ?

Elle lisait dans son lit quand il était arrivé, à dix heures et demie. Il l'avait embrassée, s'était débarrassé de sa veste et de sa cravate et commençait à déboutonner sa chemise.

Presque machinalement, il avait demandé :

— Qu'as-tu fait aujourd'hui ?

Torse nu, il s'étirait et se massait la nuque.

Les yeux sombres de Cecilia le contemplaient sans sourciller.

— Comme d'habitude, avait-elle dit. Papa a

fait sauter des obstacles à Jenny. Elle s'est très bien débrouillée.

— Parfait.

Il s'était assis pour enlever ses chaussures.

— As-tu correctement dîné ? avait-elle ajouté.

— Oui, avec Beth et Pat Carruthers, et Liz. Ils sont venus me chercher au bureau.

Elle n'avait alors rien répondu tandis qu'il entrait dans la salle de bains. Ce n'était pas la première fois qu'il dînait avec des amis plutôt que de rentrer à la maison. Elle se sentait complètement abandonnée.

— Au fait, annonça-t-il en passant la tête par la porte, finalement je pars mardi.

C'était à ce moment qu'elle avait laissé échapper sa suggestion :

— Et si j'allais avec toi ?

Il revint, surpris.

— Pas cette fois, mon chaton. Je t'emmènerai en Europe, sois-en certaine, mais pas cette fois-ci.

Dans ces circonstances, il ne s'agissait pas exactement de tourisme pour elle.

— Pourquoi pas ? insista-t-elle. Je ne te dérangerai pas, Gil, je te le promets.

Il s'approcha du lit.

— Ni toi ni personne ne pourrait me déranger, dit-il tendrement.

La jeune femme ne put soutenir son regard amusé et elle baissa les yeux sur son livre. Pourquoi suis-je incapable de résister à sa voix ? pensa-t-elle douloureusement.

— Le jour où je t'emmènerai en Europe, je te consacrerai tout mon temps, poursuivit-il, je te ferai tout visiter. Je ne veux pas te confier à un guide. Et puis tu manquerais terriblement à Jenny. Nous attendrons que l'école ait repris.

— Bien.

Sa réponse était un murmure à peine audible. Elle ferma son livre et s'allongea dans le lit. Quand il la rejoignit et se mit à l'embrasser, son corps répondit automatiquement au désir de Gil, alors qu'au fond d'elle-même une pensée désespérante surgissait en un éclair : c'est tout ce qu'il aime en moi. Durant le jour, ce n'était pas suffisant mais à cette heure elle ne demandait rien d'autre.

Gil partit pour l'Europe et le rythme de la maison en fut à peine altéré. Sa femme et sa fille poursuivaient leurs activités quotidiennes et l'une d'entre elles, au moins, était totalement heureuse sans lui.

Cecilia ne s'était pas trompée en constatant que Jenny s'épanouissait ; sa présence apportait à l'enfant ce qu'elle n'avait encore eu de toute sa vie : un être qui l'aime et qui la prenne en charge. De plus, Ricardo se conduisait avec elle en véritable grand-père, attachement qui ne laissait pas de surprendre Cecilia. Il s'occupait lui-même des leçons de la petite et ne cachait pas qu'il envisageait, à long terme, les Jeux olympiques. Cecilia dit qu'elle ne s'y opposerait pas tant que les études de la petite n'en seraient pas gênées.

Parfois, elle avait l'impression que chacun avait trouvé quelque avantage dans ce mariage, sauf elle. Jenny et Ricardo étaient heureux, Gil était heureux : il avait trouvé une mère pour sa fille et une partenaire aimante pour ses nuits. C'était apparemment tout ce qui l'intéressait en elle lorsqu'il lui avait demandé de l'épouser. De jour en jour il devenait plus évident qu'elle n'était qu'une péripétie de sa vie, certainement pas un autre lui-même.

Ce rôle ne pouvait suffire à Cecilia. Elle en recevait bien des avantages matériels, mais ils ne l'intéressaient pas. Elle n'avait pas épousé Gil parce qu'il était riche. Elle l'avait épousé parce qu'elle pensait qu'il était l'homme le plus merveilleux du monde. Il remplissait toutes les conditions dont pouvait rêver une femme : fort, intelligent, autoritaire, équilibré, amusant, gentil avec ceux qui avaient besoin de lui.

Elle l'avait aimé et s'était mariée avant de savoir ce que l'on pouvait ressentir entre ses bras. Elle l'aimait encore maintenant, profondément, intensément, irrévocablement. Toute sa vie s'en était trouvée changée et ce qui avait eu de l'importance autrefois en perdait aujourd'hui. Rien ne comptait plus que Gil. Si elle était avec lui, si elle pouvait se reposer en toute quiétude sur l'assurance qu'il l'aimait autant qu'elle l'aimait, alors elle serait heureuse pour le restant de ses jours. Mais, privée de cette certitude, elle ne trouvait plus d'intérêt à rien. Chaque jour qui passait lui confirmait qu'il ne l'aimait pas — pas à la façon dont elle comprenait l'amour. Il la trouvait à son goût, ni plus ni moins. L'été s'écoulait, tiède et gai pour Jenny et Ricardo qui éclataient de santé, désolant pour Cecilia.

Chapitre 9

GIL RENTRA DE SA TOURNÉE EUROPÉENNE TROIS JOURS
plus tôt que prévu. Cecilia était en train de se
changer pour le dîner quand la porte de la
chambre s'ouvrit.

— Gil !

Elle se tenait pieds nus au milieu de la pièce,
en jupe à fleurs et chemisier blanc, une sandale à
la main, qui, de surprise, lui échappa. Il traversa
la chambre, la prit dans ses bras, la souleva
littéralement du sol pour mieux l'embrasser.

— Que fais-tu ici ? demanda-t-elle.

Elle attendit que ses pieds aient retrouvé le sol
avant de poursuivre :

— Je ne t'espérais pas avant le week-end !

— J'ai obtenu tout ce que je voulais alors j'ai
décidé de prendre le premier avion pour rentrer.

— Veux-tu dîner ? Ou est-il trois heures du
matin pour toi ? Je ne sais jamais dans quel sens
tourne le décalage horaire.

— Tu n'as encore rien mangé ?

— Non, j'attends papa.

Il la contempla longuement de ses yeux gris comme mouillés par l'émotion.

— Alors je me joins à vous dès que j'ai pris une douche.

— Descends quand tu seras prêt. Nous t'attendrons. As-tu déjà vu Jennifer ?

— Non.

— Elle sera folle de joie.

Elle enfila ses sandales, noua ses cheveux avec un ruban et quitta tranquillement la chambre.

Gil n'eut pas l'impression qu'on éclatait de joie à le revoir. La personne qui l'accueillit le mieux fut encore son beau-père qui mourait d'impatience de discuter politique avec lui.

Quant à Jenny, elle ne parlait que de l'invitation des parents de Jessica pour le lundi suivant à Riverside, un parc d'attractions du Massachusetts.

Le lendemain, il ne se rendit pas au bureau. Il avait décidé de s'accorder quelques jours de repos et, quand il s'éveilla tard dans la matinée, Cecilia et Jenny étaient déjà parties pour Hilltop Farm. Il paressa devant un copieux petit déjeuner et un journal avant de décider d'aller les rejoindre, ce qu'il n'avait jamais fait depuis son mariage.

Il gara la BMW dans la cour à côté du break Buick qu'il avait donné à Cecilia et entendit aussitôt la grosse voix de Ricardo provenant du manège dont la porte était restée entrouverte.

Un puissant cheval galopait autour de la piste,

monté par un homme qu'il ne connaissait pas. L'animal bronchait et, à l'évidence, tentait de résister à son cavalier.

— Il est nerveux, dit Ricardo, dirigez-le en souplesse, George ! N'essayez pas de le forcer !

L'homme sursauta car sa monture venait de faire un écart.

— Il ne se calmera jamais ! cria-t-il.

— Si, mais utilisez vos jambes et ne tirez pas ainsi sur sa bouche.

— Il est trop fort !

Ricardo se tourna vers le fond de la salle.

— Cecilia ! Viens prendre Smokey et montrer à George ce que je veux !

Gil aperçut alors sa femme qui s'approchait du cheval. Sans dire un mot, le cavalier en descendit. Face à Cecilia, il paraissait large et bien bâti, avec un avantage d'au moins vingt kilos de plus qu'elle. Que pensait-elle prouver à cet homme sur une bête à moitié sauvage ?

Elle se hissa en selle, raccourcit ses rênes et mit l'animal au pas le long de la piste. Puis elle le lança dans un petit trot enlevé. Le lourd cheval devenait gracieux, pliant les membres et sautillant d'un pas cadencé, ses oreilles dressées aux flatteries de sa cavalière qui peu à peu l'apaisait et le soumettait à la seule pression de ses mollets.

— C'est bon, dit Ricardo. Laisse-le maintenant.

Il se tourna vers son élève :

— Avez-vous compris ? L'équitation n'a rien à voir avec un exercice de force. Si vous vous lancez dans ce genre de rapport avec votre cheval, vous en sortez automatiquement perdant.

Cecilia lui rendit les rênes et son regard capta enfin la silhouette de son mari resté, selon son habitude, dans l'encadrement de la porte.

— Gil ! Que fais-tu ici ?

Elle vint à sa rencontre et, comme elle approchait, il vit qu'elle avait le front mouillé.

— Comme tu as chaud ! remarqua-t-il.

— Nous venons d'arriver avec Jenny. Nous avons un peu marché, mais il fait vraiment lourd aujourd'hui.

Elle se pendit à son bras :

— Et si nous rentrions pour nous installer devant la piscine ? Tu ne vas pas travailler, aujourd'hui ?

— Non. Je me repose.

— Bonne nouvelle ! Tu as encore l'air presque aussi fatigué qu'hier soir !

Il lui serra l'épaule.

— Aurais-tu à t'en plaindre ?

Il reconnaissait intérieurement qu'il ne s'était pas montré très empressé avec elle.

Elle rosit, baissa la tête.

— Non, ce n'est pas ça, tu le sais bien !

Ils se regardèrent dans les yeux sans plus rien dire.

— Cecilia !

Elle dut faire un effort pour se détacher de lui.

— Oui, Jenny ?

— Jess et Meredith peuvent venir à la piscine cet après-midi ?

— Oui, s'ils demandent la permission à leurs mères d'abord.

90

— C'est fait !

Gil éclata de rire.

— Elle t'a eue, mon chaton.

Cecilia poussa un soupir.

— Elle devient terrible, maintenant !

Ils restèrent devant la piscine, plongeant dans l'eau tiède quand la chaleur devenait intenable. Gil passa une demi-heure à faire tournoyer Jenny et ses amis dans les airs, ce qui n'alla pas sans cris et rires en cascades. Cecilia les observait en souriant. Si seulement chaque jour ressemblait un peu plus à celui-ci...

— Ne me suis-je pas plaint un jour de la trop grande sagesse de Jenny ?

Il venait de s'asseoir à côté de sa femme pour reprendre son souffle.

— Je devais être malade, ce jour-là.

Les trois enfants poussaient des glapissements de joie en s'éclaboussant dans l'eau.

Cecilia pouffa de rire.

— Elle a un peu changé !

— Un peu, en effet !

Il s'étendit sur sa chaise longue et ferma les yeux, ce que fit Cecilia à son tour. Il était pourtant si facile d'être heureux : rester tous les trois au bord de la piscine...

Elle finit par se lever, déclarant qu'elle allait mourir desséchée. Gil la suivait des yeux. Son maillot turquoise soulignait les formes douces de son jeune corps. Comme elle lui avait manqué pendant son voyage en Europe ! Assez pour travailler comme un dément deux jours d'affilée afin de pouvoir rentrer plus tôt près d'elle.

A quatre heures et demie, elle dit aux enfants de sortir se sécher car elle comptait les ramener chez leurs parents.

Gil la tira par la main.

— Dis à Frank de s'en charger.

— Non, je sais où ils habitent.

— Frank aussi.

Il insistait du regard.

— J'ai d'autres suggestions pour ton emploi du temps avant le dîner.

Il promena le bout de ses ongles le long de son poignet et elle sut qu'il avait senti la brutale accélération de son pouls.

— Vraiment, monseigneur ? demanda-t-elle avec une fausse ironie.

Il se leva sans lui lâcher la main.

— Je crois me souvenir d'avoir dit un jour à quelqu'un que j'aimais les femmes obéissantes.

Elle prit un air offensé.

— Dans ce cas, seigneur, j'attends votre bon plaisir !

— Pas ici ! répliqua-t-il horrifié. Et les enfants, y as-tu songé ?

Elle n'en parut pas émue.

— Qui sait ? Ce peut être excellent pour leur éducation !

Mais quand il esquissa un geste pour tirer sur la bretelle de son maillot, elle poussa un petit cri et sauta de côté en riant.

Alors il la suivit dans leur chambre fraîchement climatisée.

Le lendemain, il décida de faire un saut à son bureau. Il appela Les Charmes à quatre heures pour apprendre que sa femme ne s'y trouvait pas. Chez les Vargas on ne répondait pas. En dernier recours, il essaya les écuries.

— C'est toi, Jen ?

— Oui, papa ! Bonjour ! A qui veux-tu parler ?

— Cecilia est près de toi ?

— Attends.

Il attendit presque trois minutes qui lui parurent trois siècles.

— Papa ? Elle ne peut pas pour l'instant. Le Dr Curran est ici. Elle m'a dit de prendre le message, qu'elle te rappellerait.

Il fronça les sourcils.

— Non, ce n'est pas la peine. Nous verrons cela au dîner.

— Tu rentres dîner ?

— Oui.

— Je le dirai à Cecilia. Au revoir, papa.

— Au revoir.

Il raccrocha et, le menton dans la main, se mit à réfléchir. Pas longtemps, car son rédacteur en chef frappait et entrait.

— Voulez-vous lire ces reportages ? demanda-t-il à son patron.

Gil se leva.

— C'est à vous de les lire, mon vieux ! Vous savez ce que nous voulons. Vous travaillez ici depuis aussi longtemps que moi !

Hank Barber le savait mais, jusqu'ici, il n'avait rien publié sans l'assentiment de Gil.

— Préférez-vous les lire demain ? insista-t-il.

— Non. Je ne veux plus m'occuper de ces questions. A partir d'aujourd'hui, Hank, vous en aurez l'entière responsabilité. Et, s'ils ne vous plaisent pas, ajouta-t-il avec un sourire carnassier, vous êtes renvoyé.

Hank lui rendit son sourire.

— Pas de danger.

— Je le sais bien, sinon cela vous serait arrivé depuis longtemps. Quant à moi, je ne peux pas être au four et au moulin, alors je vous laisse vous débrouiller avec le four.

— Comme au début. Et tout marchait bien.

Gil haussa un sourcil.

— Attention, je ne prends pas ma retraite pour autant, Hank !

— Vous ne la prendrez jamais, dit-il amusé.

Gil enfila sa veste. Il avait eu l'intention de rester beaucoup plus tard au bureau et n'avait pas averti Frank de venir le prendre.

— Connaissez-vous les horaires des trains pour le Connecticut ? demanda-t-il à sa secrétaire.

Sa femme demeura silencieuse tout au long du dîner et il comprit pourquoi quand Jennifer fut montée se coucher. Cecilia avait reçu un appel téléphonique de Pat Carruthers les invitant à Southampton pour le week-end.

— Elle donne une réception et voudrait nous avoir tous les deux. Elle s'excuse de s'y prendre si tard, mais elle te croyait toujours en Europe. Je lui ai dit que je reprendrais contact avec elle. Le sénateur Bayley viendra aussi.

— Bien. Tu peux lui répondre que nous y serons.

— Comme tu voudras.

— Tu n'as pas envie d'y aller ?

Il reposa sa tasse de café et la regarda, étonné.

Elle était tellement sûre d'y rencontrer Liz Lewis qu'elle n'avait aucun désir de s'y rendre. Mais elle se garda bien de le dire.

— Frank et Nora partent en vacances samedi, mais nous pourrions confier Jenny à papa.

— Cela leur fera certainement plaisir à tous les deux.

— Oui.

— Et alors ? Tu ne souris toujours pas ?

Elle obtempéra sans conviction.

— Si. Baron a été opéré cet après-midi et je m'inquiète un peu pour lui. Mais Tim pense qu'il s'en sortira.

Gil garda un visage impassible.

— Qui est Tim ?

— Tim Curran, le Dr Curran. Notre vétérinaire.

— Ah ! Je vois.

Jennifer venait d'entrer dire bonsoir. Cecilia se leva pour monter la border.

— Dis au revoir à ton père, ma chérie.

Il les suivit des yeux mais c'est la mince silhouette de sa femme qu'il regardait seulement. Et il avait l'air d'un homme qui vient de recevoir de mauvaises nouvelles.

Chapitre 10

RICARDO FUT ENCHANTÉ DE GARDER JENNY TOUT LE week-end. Aussi, dès le vendredi matin, Gil et Cecilia prirent-ils la BMW pour se rendre à Long Island.

— Qui allons-nous rencontrer ? demanda-t-elle, l'air indifférent.

— Je n'en ai pas la moindre idée, mais il y aura de tout. Pat est une excellente hôtesse.

Et sans doute pas elle... Il ne l'avait pas dit, mais elle comprenait tout de même. Il ne lui avait jamais suggéré d'inviter qui que ce soit aux Charmes. Elle en éprouva une profonde tristesse.

La maison des Carruthers était située au bord de l'océan. Gil laissa sa voiture devant le somptueux porche aux mains d'un domestique tandis qu'un autre prenait leurs bagages. Pat arriva à leur rencontre.

— Gil chéri !

Elle l'embrassa.

— Quel plaisir de te voir. Et Cecilia !

Cette dernière se contenta de tendre la main. Elle avait hérité de son père une certaine réserve.

— Merci, Pat, dit-elle.

— Allons, venez ! Avez-vous déjeuné ?

— Oui.

Gil posa une main sur le bras nu de Cecilia. Elle portait une robe en coton sans manches.

— Nous nous sommes arrêtés en route.

Evidemment, la première personne que la jeune femme aperçut en arrivant sur la terrasse fut Liz Lewis. Elle était vêtue d'un short de tennis blanc qui faisait ressortir sa peau admirablement bronzée.

— Gil ! Viens vite me raconter ton voyage en Europe !

Cecilia se dit que ce week-end serait affreusement long.

En fait, pensa Cecilia en paressant sur la plage en cette fin d'après-midi, elle eût passé un moment merveilleux si elle avait été sûre de Gil. Les invités s'étaient montrés souvent drôles et intéressants. Jamais elle ne s'était trouvée abandonnée comme à la soirée de Liz à New York. Au contraire, elle ne parvenait plus à s'isoler.

Gil paraissait s'amuser énormément et, si elle était entourée, lui l'était aussi. Elle comprenait aisément pourquoi. Il avait plus d'esprit que n'importe qui d'autre. Il était instruit, émettait une opinion sur tout et possédait un répertoire inépuisable d'histoires. Rien d'étonnant que toute cette société brillante ne le quitte plus

d'une semelle. Et sans doute étaient-ils si préve-
nants avec elle parce qu'elle était sa femme.

Deux personnes, au moins, s'intéressaient à
elle pour elle-même, Maisie Winter et son mari.
Et les voisins des Carruthers avaient amené pour
le dîner un jeune romancier français qui finit par
rester tout le week-end. Il devait avoir vingt-sept
ans tout au plus et séduisait toutes les femmes
avec son beau regard sombre bien qu'il ne parlât
pas un mot d'anglais.

Cecilia eut pitié de son isolement si bien qu'à
la fin du repas elle s'approcha de lui et dit dans
un excellent français :

— Je tiens à vous féliciter pour votre admira-
ble livre, monsieur Peyre.

Les grands yeux s'illuminèrent et tous deux se
lancèrent dans une longue conversation. Visiblement, le bel écrivain n'appréciait pas que son
don des langues.

De loin, Maisie observait alternativement les
deux époux Archer. Gil se tenait debout, un verre
à la main, près de l'immense baie ouverte qui
donnait sur la mer. Il écoutait gravement le
sénateur Bayley et, lorsque ce dernier eut fini, il
hocha la tête. Puis il se pencha légèrement en
avant et prononça une phrase qui les fit tous
éclater de rire, à commencer par Liz Lewis qui
ne l'avait pas quitté de la journée. Pat alluma
une lampe tempête qu'elle vint placer à côté de
Gil, dont la lueur éclaira de face ses cheveux
blonds qui se mirent à briller comme des fils
d'argent. Quand il souriait, son regard s'illumi-
nait d'intelligence et de gaieté. Lentement, Maisie se tourna vers Cecilia.

Elle était assise dans un fauteuil d'osier à bascule avec, à côté d'elle sur un tabouret, Marc Peyre, le jeune romancier français. Il parlait. Cependant, les yeux de son interlocutrice allaient d'invité en invité jusqu'à se poser sur son mari, à l'autre bout de la pièce. Sa bouche eut un imperceptible frémissement d'amertume.

— Eh bien, ma chère, demanda le mari de Maisie, vous n'avez pas l'air contente !

— Je suis inquiète pour Cecilia.

— Cecilia ?

Il parut stupéfait.

— Pourquoi ? Elle est ravissante et paraît en pleine forme.

— Je le sais ! répondit impatiemment sa femme. Je la connais depuis qu'elle est toute petite ! Elle possède des qualités qui se font bien rares de nos jours, Hal, elle est généreuse et gentille. Regardez comme elle s'ennuie avec ce garçon dont elle n'arrive pas à se dépêtrer ! Tout cela parce qu'elle a eu pitié de lui !

— Comment savez-vous qu'elle s'ennuie ?

— Il a l'air assommant ! Et puis, poursuivit-elle en baissant la voix, je ne sais pas comment elle a épousé Gil Archer, mais je constate que c'était une erreur. Ils ne sont pas faits l'un pour l'autre.

— Que voulez-vous dire ?

Il semblait de plus en plus perplexe :

— N'importe quelle femme rêverait d'épouser Gil.

— Justement !

— Voudriez-vous m'expliquer un peu tous ces mystères, ma chère ? Je ne vous suis plus.

— Gil n'est qu'un être dépravé, dit-elle sans mâcher ses mots. Toute sa vie il a obtenu tout ce qu'il a voulu. Même quand il s'est dressé contre son père pour lancer ce magazine, il n'a pas rencontré de difficultés majeures grâce à l'héritage de sa mère !

— Tiens ! Je pensais que vous aimiez bien ce garçon, pourtant.

— Mais tout à fait ! Et je vous mets au défi de trouver une femme qui ne l'aime pas. C'est bien là la question. Il n'a qu'à sourire pour leur donner l'impression qu'elles sont irrésistibles, alors que ce sont elles qui ne résistent pas. Un tel homme ne vaut rien à une Cecilia. Elle est trop jeune pour jouer à ces jeux cruels. Il sera tout juste bon à la faire souffrir.

— Mais je n'ai jamais entendu dire qu'il soit infidèle ! protesta Hal.

Sa femme lui jeta un regard plein de commisération.

— Peut-être est-elle en droit d'attendre plus du mariage que la fidélité sexuelle ! Venez, allons au moins la libérer de ce casse-pieds.

Tout comme Hal, Cecilia n'avait jamais entendu dire que Gil lui soit infidèle. D'ailleurs, ce n'était pas ce qu'elle redoutait. Elle savait que, de ce côté, il était heureux avec elle. Mais, comme venait de la dire Maisie, une vie de couple se prolongeait au-delà du lit. Le cœur lourd, elle se rendait compte que son mariage à elle était inexistant.

Elle ne pouvait rien faire, rien lui dire. Elle avait une immense dette envers lui pour avoir sauvé son père et payé sa facture de clinique. Elle tirait tous les avantages possibles de sa situation. Alors, de quoi se plaignait-elle ?

Elle joua au tennis le lendemain avec Gil, en double mixte contre Ben Carruthers et Liz Lewis. En regardant cette dernière, elle se demanda si elle n'aurait pas fait une meilleure épouse pour un patron de presse. Avec son service long et puissant, elle répondait exactement au style nerveux de Gil.

Cecilia n'éprouvait aucun plaisir à se défendre contre de tels joueurs. Elle avait beau être une sportive accomplie, elle se rendit vite compte que son niveau n'atteignait pas celui de ses partenaires.

Aussi laissa-t-elle sans scrupules le maximum d'initiatives à son mari qui s'en donnait à cœur joie, courant, sautant, devançant les balles. Peu à peu, elle se détendait en constatant combien il s'amusait et, quand elle répondit à un smash de Liz par un magnifique revers qui dérouta l'adversaire, il s'écria :

— Bravo, chaton !

Tandis qu'ils changeaient de côté, elle se sentit heureuse, sans raison, mais heureuse. Ses yeux se mirent à briller. Elle commençait à prendre du plaisir, elle aussi.

Un quart d'heure plus tard, le score en était à cinq jeux à quatre. Gil servait pour le gain du set. Cecilia se tenait au filet, la raquette prête. Le service canon de Gil fut contré par un Ben déchaîné en retour croisé qu'elle intercepta à la volée. Liz s'y attendait et rattrapa la balle pour la renvoyer violemment, droit sur Cecilia.

Les excellents réflexes de la jeune femme la sauvèrent. Elle ne leva pas sa raquette mais se baissa subitement et la balle lui effleura la tête en sifflant.

— Pardon, Cecilia! s'écria Liz, mais vous restez trop près du filet.

— Reviens sur la ligne de fond, mon chaton.

Très pâle, elle recula, les yeux fixés sur le bout de ses pieds.

— Ça va? demanda Gil.

Elle nota une intonation bizarre mais répondit sans le regarder :

— Oui. Merci.

Il ramassa les balles.

— Zéro, quinze!

Face à lui, guettant son service de pied ferme, Liz sourit. Il frappait sa balle avec une violence inouïe, et Ben résistait tant bien que mal, mais Gil se modérait en face d'une dame. Ce qui avait permis à Liz de marquer presque tous les points de l'équipe. Cette fois, il lança sa balle haut à la verticale et l'envoya à son adversaire avant même que celle-ci n'eût réagi.

— Elle était bonne? demanda-t-il à Ben.

— Oui. Un *ace*. Imparable.

Il regagna sa place sans autre commentaire.

— Quinze partout, dit Gil.

Il ramassa la balle que Ben lui avait retournée et revint vers Cecilia.

— Reste sur la ligne, petit chat, que nous terminions cette partie!

Il ne se trompait pas. Ben voulut lui prendre son service mais perdit le point. Gil expédia un *ace* à Liz et Ben acheva en mettant la balle dans le filet.

Il vint immédiatement lui serrer la main.

— Je ne vous blâme pas, lui glissa-t-il.

Puis il adressa un sourire à Cecilia.

— Prenez des leçons avec ce champion, vous progresserez rapidement !

Ils entourèrent Cecilia et l'accompagnèrent aux tables parasols où se tenaient ceux qui avaient assisté au match. Ni Ben ni Gil n'adressèrent la parole à Liz.

Peu avant le dîner, Liz vint présenter ses excuses à Cecilia qui ne manqua pas d'être touchée par son geste.

— Ce n'est rien, répondit-elle en souriant.

— Je ne sais pas ce qui m'a prise.

— Sans doute le goût de la compétition. Quand on joue aussi bien que vous, on n'aime pas perdre.

— Vous devez avoir raison.

Elle contempla sans aménité la ravissante femme de Gil.

— Je n'aime pas perdre.

Elle aperçut un visage connu non loin d'elles et appela :

— Gil, chéri ! Je viens de m'excuser auprès de Cecilia pour mes excès... d'enthousiasme et elle veut bien oublier tout cela. Oublieras-tu, toi aussi ?

Cecilia suivit le mouvement de Liz et les deux femmes regardèrent approcher la haute silhouette en pantalon blanc et chemise bleue.

— Certainement.

Il lui jeta un regard moqueur.

— Mais que cela ne se reproduise pas !

— Une femme avertie en vaut deux, commenta malicieusement Cecilia. La prochaine fois, je porterai un gilet pare-balles et me tiendrai loin du filet.

Gil hocha la tête.

— Ma chérie, ta gentillesse me surprendra toujours.

Liz serra les lèvres.

— Croyez-vous que M. Peyre fera une nouvelle apparition ce soir ?

— J'espère bien que non, étant donné que la seule personne qui ait lu son livre est ma pauvre Cecilia et qu'il lui colle aux basques.

Il fronça les sourcils.

— Comment se fait-il que tu aies lu ça, au fait ?

— J'avais un exposé à faire sur le nouveau roman, j'ai choisi celui-là.

Elle sourit.

— C'est le genre d'œuvre qu'on ne lit qu'à l'école.

— Est-ce bien ? interrogea Liz, curieuse.

— Intelligent...

— Intéressant ? insista Gil.

Elle fit la grimace.

— Horriblement ennuyeux. Il ne dit rien, ne raconte rien, s'intéresse seulement à la façon d'écrire. Le style avant-garde plaît à l'intelligentsia française et à personne d'autre.

— Je vois, dit Gil en haussant les épaules. Si nous allions nous changer pour le dîner ?

La soirée se révéla beaucoup plus tranquille

que la veille. Nombre d'invités avaient dû partir après le déjeuner mais Gil, qui détestait conduire dans les encombrements, comptait rester jusqu'au lundi. M. Peyre n'ayant pas reparu, Cecilia put discuter tranquillement avec Maxwell Withers, le président d'une des plus grandes banques du Westchester, qui parut enchanté de sa compagne de table. Au café, ils furent rejoints par le président de l'une des cinq cents sociétés les plus prospères des Etats-Unis et quelques autres hommes et femmes d'affaires. Comme la conversation devenait générale, Cecilia finit par s'asseoir et se contenter d'écouter. Tous ces gens lui paraissaient intelligents, modérés, tolérants et bien informés. Ils ne semblaient pas habiter le monde que décrivaient les journaux avec tant de complaisance.

Peut-être aimerait-elle en faire partie, mais plus tard, se dit-elle. Elle n'avait aucune envie de vivre aujourd'hui dans une telle solennité.

Elle chercha des yeux Gil et finit par le voir en conversation avec Ben Carruthers qui venait de sortir un paquet de cigarettes et en offrait à son mari. Celui-ci secoua la tête et Ben alluma son briquet sans paraître insister. Cecilia s'aperçut qu'elle n'avait plus vu Gil fumer une fois depuis qu'ils étaient mariés. Elle se rappela les remontrances du Dr Stein; Gil avait dû les prendre à cœur, ce dont elle lui fut reconnaissante. Peut-être ne serait-elle pas vraiment heureuse en ménage mais elle ne tenait pas pour autant à finir en riche veuve.

Quand elle alla les rejoindre, son mari la prit par le bras.

— Comment les trouves-tu? demanda-t-il en s'écartant du groupe.

— Agréables... comme des mannequins de cire.

Il sourit.

— Mon père était ainsi. Comprends-tu maintenant pourquoi j'ai quitté si vite la finance?

Chapitre 11

EN RENTRANT LE LUNDI MATIN, CECILIA ET GIL BAVAR-
dèrent comme jamais auparavant. Elle lui
raconta son enfance, ses cousins restés en Amérique du Sud qu'elle aimerait mieux connaître, sa
vie à la fois douce et solitaire avec un père adoré
et peu d'amis.

Il avait placé la main sur son genou et le
serrait souvent, comme pour approuver tout ce
qu'elle disait. La dernière demi-heure se passa
dans un silence paisible.

Ils pénétrèrent avec joie dans leur maison et
Jenny, qui les attendait depuis plus d'une heure,
leur fit un accueil enthousiaste. Toute la famille,
y compris Ricardo, paressa l'après-midi devant
la piscine.

Le lendemain, tandis que Gil se préparait pour
partir au journal, Cecilia et Jenny descendaient
prendre leur petit déjeuner avant d'aller rejoindre Hilltop Farm. Et la jeune femme se sentit

heureuse comme elle ne l'avait pas été depuis longtemps. Quelque chose d'important s'était passé entre elle et Gil durant ce week-end ; elle le savait, de même que leurs relations avaient évolué vers un stade nouveau. Tout d'un coup, elle se prit à croire en l'avenir.

Gil également considérait son mariage d'un autre point de vue, et ce depuis son retour d'Europe où Cecilia lui avait tant manqué. C'était alors qu'il avait décidé de modifier son rythme de travail pour passer plus de temps avec elle. Elle avait demandé à venir avec lui et il aurait dû l'emmener. Sur le moment il n'avait pas trouvé l'idée raisonnable ; maintenant, il se rendait compte qu'il lui fallait s'habituer à se considérer en homme marié, à se rappeler qu'il avait une femme.

Les Ross étant partis en vacances pour deux semaines, il conduisait lui-même sa voiture. A trois heures et demie, il décida qu'il en avait fait assez pour la journée et rentra. Il n'y avait personne aux Charmes quand il arriva, aussi monta-t-il se changer et reprit-il sa voiture pour se rendre au seul endroit où il était sûr de trouver sa femme et sa fille.

Le break était garé dans la cour et Jennifer bavardait avec d'autres enfants à la sellerie.

— Papa ! cria-t-elle en le voyant. Cecilia est là-haut !

Il les entendit pousser des cris de joie dans son dos et sourit.

Son sourire se figea quand il ouvrit la porte de la cuisine. Un jeune homme inconnu s'y trouvait,

108

torse nu, et, à côté de lui, sa propre femme riait sans retenue.

Ils se pétrifièrent en l'apercevant et l'image s'imprima telle quelle dans son cerveau : la silhouette musclée, la peau bronzée à l'indienne du jeune homme, la main douce de Cecilia posée sur son avant-bras.

— Gil ! s'écria-t-elle. Je ne t'attendais pas si tôt !

— Il n'y avait personne à la maison alors je suis venu voir ici.

Il était parvenu à conserver un ton étrangement calme.

— Le Dr Curran soignait Baron quand celui-ci l'a mordu, expliqua-t-elle, alors j'essaie de lui porter secours.

Gil venait d'apercevoir le bandage sur le bras musclé du jeune vétérinaire.

— Je ne crois pas que vous vous connaissiez encore, poursuivait-elle. Tim, voici mon mari.

Deux grands yeux bleus plongèrent dans le regard fixe de Gil.

— J'ai beaucoup entendu parler de vous, observa Tim.

— Ah ? Moi aussi...

Aucun des deux n'esquissa un geste pour serrer la main de l'autre.

— Tim, reprit Cecilia, je suis navrée pour ce qui vous arrive. D'habitude, c'est un animal plutôt doux.

— Ne vous inquiétez pas, Cecilia.

Il reprit sa chemise et l'enfila.

— En tout cas, il sera bientôt en pleine forme.

Ne le brusquez pas pendant une semaine et tout ira bien pour lui.

— Entendu.

Elle lui sourit, visiblement soulagée.

— Vous nous avez tirés d'affaire, merci.

Il lui rendit son sourire et Gil repéra immédiatement l'émotion qui brillait dans les yeux bleus.

— N'hésitez pas à m'appeler si vous avez besoin de moi.

Tim se tourna vers le mari de Cecilia.

Gil soutint son regard. Ses prunelles avaient viré au gris pâle froid comme l'acier.

— Au revoir, docteur, dit-il.

Cecilia fronça les sourcils, un peu choquée par ce ton abrupt, d'autant qu'elle était très ennuyée de voir Tim blessé à cause d'elle.

— Je vous accompagne à votre voiture, proposa-t-elle.

Elle ajouta, se tournant vers son mari :

— J'arrive.

Elle resta quelques minutes à bavarder avec Tim, puis recula, lui adressa un signe et revint sur ses pas. Elle aperçut Gil près de la sellerie et se dirigea vers lui.

— Nous pouvons rentrer, maintenant, si tu le désires.

— Parfait.

Il avait repris ce ton étrange qu'elle lui avait déjà remarqué quand Liz avait failli la blesser sur le court de tennis. Elle comprit qu'il était en colère. Sans doute une mauvaise nouvelle au bureau.

— Je prends Jenny dans le break, si tu veux.

Il hocha la tête et rentra dans sa voiture. Elle

le regarda claquer la porte, quitter en trombe la cour. Elle fronça les sourcils, appela Jenny et tenta de rattraper Gil.

En l'absence de Nora, elle envoyait la fillette faire ses devoirs de vacances dans sa chambre et préparait elle-même le dîner.

Gil s'était installé dans la bibliothèque. Quand elle entra pour lui demander s'il voulait un verre, elle s'aperçut qu'il terminait un scotch. A son arrivée, il se leva et vint s'en servir un autre.

— Bois-tu quelque chose ? demanda-t-il.

— Non, je n'ai encore rien fait pour le dîner, j'allais te dire de ne pas m'attendre.

— C'est ce que j'ai fait.

Il parlait calmement.

— Oui. Nous nous mettrons à table à peu près dans une heure.

Ce qui laissait à Gil le temps de boire trois scotches supplémentaires. Lui qui prenait en général un verre de vin pendant le repas, ce soir-là, il se servit plusieurs fois. Il paraissait plutôt détendu, bien qu'anormalement silencieux.

Jenny ne sembla pas remarquer l'attitude de son père et bavarda comme à son habitude. Cecilia tenta de le faire participer à la conversation mais il se taisait vite. Il était rentré tôt à la maison et ne l'y avait pas trouvée. Elle pensait qu'il était contrarié de la voir passer tant de temps chez son père.

— En général je reste ici l'après-midi, déclara-t-elle en débarrassant. Mais aujourd'hui, comme Tim venait, je devais être là.

Il ne la regarda pas.

— C'est ce que j'ai cru comprendre, marmonna-t-il.

Elle sentit le rouge lui monter aux joues. Elle
ne l'avait jamais entendu parler sur ce ton.

Elle redoutait de monter se coucher, maintenant. Après le dîner, Gil but quelques autres
verres et, au lieu de la rassurer, sa présence
l'effrayait un peu.

Elle ressentit cela comme un choc. Elle n'avait
jamais eu peur d'un homme. Son père l'adorait,
son mari s'était toujours montré infiniment tendre et prévenant avec elle. A présent, elle se
tenait dans sa chambre avec lui et il devenait
comme une menace face à elle. Pourquoi cette
colère ?

— Que s'est-il passé au bureau aujourd'hui ?
demanda-t-elle.

Il sourit et elle sentit sa gorge se serrer.

— Rien. Tout va bien au bureau.

Il vint vers elle, lui prit le poignet d'une main
de fer et l'embrassa.

Un baiser dénué de toute tendresse. Elle ressentit au contraire une sorte de rage froide dans
son geste comme s'il voulait la punir. Mais ce qui
la terrorisa, ce fut cette brutale passion qu'elle
voyait monter en lui. Son cœur se mit à battre la
chamade.

Lorsqu'il recula, elle comprit soudain qu'il
attendait surtout une résistance de sa part, des
cris, une lutte qui lui permettrait de passer sa
colère. Elle ne bougea donc pas d'un pouce,
immobile comme une statue. La seule trace
d'émotion qu'il eût pu déceler en elle était le
tremblement de sa lèvre inférieure.

112

— Je regrette, Gil, articula-t-elle. Je ne sais pas ce que j'ai fait pour te mettre dans un tel état, mais je le regrette.

Il la regàrdait, fasciné par le tremblement de sa lèvre. Quelque part dans son cerveau embrumé, jaillit l'idée qu'elle avait peur.

— Je regrette... murmurait-elle.

Alors il comprit ce qu'il était en train de faire. Il vit sa femme, les yeux agrandis par la terreur, comme une enfant sans défense, il entendit de nouveau le son de sa voix plaintive.

Il laissa retomber ses bras le long du corps, recula.

— Mon Dieu, Cecilia ! Pardonne-moi !

Elle restait le souffle court et ces mots la firent frémir.

— Mais que se passe-t-il ? demanda-t-elle finalement.

Il tomba lourdement dans un fauteuil, se prit la tête dans les mains et resta longtemps silencieux, à se balancer doucement, comme s'il ne se décidait pas à parler.

— Gil ?

Elle vint s'agenouiller devant lui, lui prit les mains d'un geste tendre.

— Gil, répéta-t-elle, mon chéri !

Il leva enfin la tête. Son expression bouleversée la fit fondre d'émotion.

— Pardonne-moi, dit-il à nouveau. Je ne voulais pas te faire de mal.

Il se leva lentement.

— Va te coucher, reprit-il, les yeux dans le vague. Je descends me préparer du café.

— Veux-tu que je m'en occupe ?

— Non.

Il parvint à lui sourire.

— Mon amour-propre ne me le permet pas.

Elle le regarda se diriger vers la porte. Il se tenait parfaitement droit.

En se déshabillant, elle s'aperçut que ses mains tremblaient encore.

Il partit tôt pour New York le lendemain matin et ne revint qu'à une heure avancée de la nuit. Il ne voyait pas d'autre moyen que de se tenir éloigné de sa femme pour se calmer.

Cecilia se garda bien de lui parler de ses horaires, ni de lui demander où il passait son temps. De toute façon, pensait-il avec amertume, elle ne s'était jamais plainte de son peu d'empressement. S'il avait cherché le contraire exact de Barbara, il l'avait en elle. Pour un peu, il lui reprocherait son manque de possessivité !

L'image de sa femme et de Tim Curran le hantait. C'était ce garçon qu'elle fréquentait avant de l'épouser. Elle pouvait l'appeler « si elle avait besoin de lui »... Elle attendait ses coups de téléphone, elle partageait son amour des chevaux, sa complicité.

Gil rentrait le moins possible à la maison. Maintenant, quand ils faisaient l'amour, ce n'était plus avec la moindre tendresse. L'élan, la passion demeuraient, mais cette douceur qui les avait tant enivrés n'existait plus.

A la fin de septembre, Cecilia eut la confirmation qu'elle attendait un bébé. Gil dormait dans l'appartement de New York jusqu'au vendredi suivant et elle ne vit pas l'utilité de l'en avertir avant. Elle lisait dans son lit quand il arriva. Elle ferma son livre, le posa sur la table de nuit tandis qu'il ôtait sa cravate.

— Tout va bien ? demanda-t-elle.

— Très bien. Et toi ?

Elle pencha la tête, regarda la montagne que formaient ses genoux sous la couverture.

— A merveille, répondit-elle. Peut-être seras-tu content d'apprendre que je suis enceinte.

Il cessa de détacher les boutons de sa chemise.

— Quoi ?

Elle gardait le visage caché dans ses bras.

— J'ai vu le Dr Harris avant-hier. Elle m'a dit que ce serait pour mai.

— Cecilia...

Il s'assit, incapable de trouver ses mots.

Elle finit par relever la tête, l'expression impénétrable.

— Es-tu content ? demanda-t-elle.

— Bien sûr ! Et toi ?

— Assez. Le médecin m'autorise à courir le National en novembre, alors tout va bien.

Il eut un sursaut de jalousie. Damnés chevaux qui faisaient prendre de tels risques à la mère de son futur enfant !

Mais comment s'y opposer si le médecin donnait son accord ?

— Viens, dit Cecilia.

Quand il fut allongé près d'elle et qu'il posa la main sur sa poitrine, elle se tourna vers lui pour lui offrir la seule chose qui, à son sens, l'intéressait en elle.

Chapitre 12

CECILIA AVAIT PARFOIS MAL AU CŒUR LE MATIN ET SE
fatiguait plus vite qu'à l'ordinaire mais le médecin la trouvait très en forme. Elle dit à son père
qu'elle était enceinte mais préféra le cacher à
Jenny au début. Le rythme de la vie quotidienne
ne varia guère si ce n'est que Gil faisait de plus
fréquentes apparitions à la maison.

Un matin, il était en train de prendre son petit
déjeuner avec elle quand Jenny surgit, l'air
coupable. Cecilia, qui ne parvenait pas à avaler
ses œufs brouillés, comprit immédiatement ce
qui se passait et lui ordonna :

— Remonte te changer. Tu n'iras pas à l'école
avec ce jean dégoûtant !

La petite répondit d'une voix aiguë :

— Mais tout le monde en porte, Cecilia ! Pourquoi pas moi ?

— Je me moque de ce que portent les autres.
Va vite te changer.

— Mais je ne comprends...

Gil l'interrompit :

— Ne discute pas, Jennifer, et fais ce que te dit Cecilia !

Sans plus de protestations, la fillette s'exécuta. Gil se tourna vers sa femme.

Elle était très pâle.

— Jennifer te donne du mal, en ce moment ?

Il paraissait sincèrement inquiet. Elle tenta de sourire, le cœur au bord des lèvres.

— Non, pas vraiment. C'est une enfant qui cherche les limites à ne pas dépasser, comme tous les enfants.

Elle se leva.

— Excuse-moi.

Gil ne comprit pas et la crut bouleversée par l'attitude de Jennifer. Pour la millième fois, il se reprocha de lui avoir imposé ce terrible fardeau en l'épousant. Une si jeune femme, inexpérimentée, ne pouvait du jour au lendemain prendre en charge les difficultés de la pré-adolescence. Il devait parler à sa fille.

Dans les jours qui suivirent, Cecilia remarqua le manque d'entrain de l'enfant et s'en inquiéta. Un soir, au retour de l'école, elle la suivit dans sa chambre, s'assit sur le lit encore décoré d'Alice aux pays des merveilles.

— Quelque chose ne va pas, Jenny ? demanda-t-elle. Tu ne dis plus rien. As-tu des ennuis avec un professeur ?

— Non, ça va.

Elle sortait ses livres de son cartable.

— Ecoute, je sais que tu es préoccupée, ne puis-je t'aider ? Je suis là pour ça, tu le sais bien.

— Papa ne veut plus que je te dérange.

Cecilia se redressa, alarmée :

— Mais tu ne me déranges pas !

— Il a dit, murmura Jenny très bas, il a dit que tu allais avoir un bébé et que je devais te laisser tranquille.

Son inquiétude se mua en colère. Quelle mouche avait piqué Gil ?

— Oui, répondit-elle doucement, je vais avoir un bébé. Mais ça ne change rien entre nous, ma chérie. Je t'aime. Et tu ne me déranges pas.

La petite releva la tête.

— Tu seras la maman du bébé ?

Cecilia la prit par la main.

— Viens, assieds-toi près de moi. Je suis aussi ta maman, n'est-ce pas ?

La réponse jaillit, sourde :

— Je ne sais pas.

— Alors je te le dis.

Elle lui passa un bras autour du cou.

— Beaucoup d'enfants ont plus d'une maman. Ils ont celle qui les a mis au monde, bien sûr, et puis — s'il se produit un événement qui les sépare d'elle, ou si elle meurt — ils ont une seconde maman. Et elle est aussi importante que la première, tu sais, si elle les aime et s'occupe bien d'eux.

L'enfant lui présenta un regard rond et lumineux, plein d'espoir :

— Tu crois ?

Et dans le même élan :

— Aimes-tu papa, Cecilia ?

— Oui, ma chérie. Et c'est pourquoi je vais avoir un bébé.

118

— Ah !

Elle réfléchit un moment.

— Est-ce que ce sera une fille ?

— Nous verrons bien.

Jenny sourit.

— Je t'aiderai à t'occuper de lui !

— Je l'espère bien. Les bébés adorent les grandes sœurs qui veillent sur eux.

Les yeux de la petite se mirent à briller.

— Je serai une grande sœur, comme Meredith pour Jason !

— Voilà. Va vite te changer maintenant, Poppy t'attend pour ta leçon d'équitation.

— Oui.

Mais au lieu de se lever, elle se jeta au cou de Cecilia :

— Je t'aime ! murmura-t-elle.

Lorsque Gil rentra, ce soir-là, Cecilia était au téléphone. Il l'entendit qui riait :

— Quelle chance tu as ! J'espère que tu en as bien profité !

Il monta se changer et elle parlait toujours quand il redescendit :

— Tu me tentes, mais je ne crois pas que ça intéressera Gil. Si nous nous retrouvions plutôt demain pour déjeuner ?

Il alla se servir un verre et elle finit par apparaître sur le seuil de la bibliothèque :

— C'était Janet Osborne, une amie du collège. Elle rentre d'un long voyage en Europe qu'elle a pu payer grâce à une bourse. Elle a dû bien s'amuser !

Elle en riait encore.

— Quelle est cette invitation que tu as refusée pour moi ? demanda-t-il gravement.

— Oh ! une soirée entre étudiants. Avec de la bière et des pizzas, tu n'aurais pas aimé.

— Non, en effet.

Elle sourit.

— Moi non plus, d'ailleurs. Je suis trop barbouillée en ce moment.

— Vraiment ?

— Vraiment.

Elle s'assit dans un fauteuil.

— Comment s'est passée ta journée ?

Il était trop âgé pour elle. Toutes ses pensées les plus tortueuses aboutissaient à la même conclusion. Il aurait mieux fait de la laisser aux gamins de son âge, à ce Tim Curran qui était si amoureux d'elle et qui vivait dans son milieu, celui où elle se sentait à son aise. S'il tenait tant à se remarier, mieux valait choisir une Liz Lewis, quelqu'un de son monde et de sa génération. Quelqu'un qui aurait su utiliser son argent, recevoir ses amis et éduquer sa fille sans arrière-pensées. Il n'aurait pas dû épouser Cecilia, la douce, l'adorable Cecilia qui s'était crue obligée d'accepter sa demande en mariage, et qui faisait de son mieux pour répondre à ses exigences.

Il voyait bien tous les efforts qu'elle devait consentir pour s'adapter à lui, et il en concevait des remords grandissants. Il s'en voulait de ne pouvoir répondre à ses besoins. Il n'osait plus l'aimer aussi souvent qu'autrefois. Il se sentait comme un intrus dans sa vie et, quelques mois après cette désastreuse scène qu'il lui avait faite, il craignait de l'effrayer encore. Le meilleur service qu'il pouvait lui rendre, songeait-il avec tristesse, était de la laisser tranquille.

Ils regardaient la télévision, ce vendredi soir, quand le téléphone sonna. Frank et Nora étaient partis au cinéma et Cecilia se leva pour aller répondre.

— Ne bouge pas ! dit-il. J'y vais.

C'était son beau-père.

— Puis-je parler à Cecilia ?

Gil l'appela.

— Allô, papa ? Je t'écoute.

Elle marqua une brève pause et Gil la vit qui fronçait les sourcils.

— Je m'en occupe, dit-elle enfin, ne t'inquiète pas.

Elle raccrocha.

— Que se passe-t-il ?

— Vic a pris froid, on dirait, et papa ne trouve pas Tim.

Elle secoua la tête.

— A cette heure, il doit dîner chez Mario. As-tu le carnet d'adresses ?

Il alla le prendre sur son bureau, chercha le numéro du restaurant Mario.

— Le Dr Curran est-il chez vous, je vous prie ? Puis-je lui parler ?

Elle agitait impatiemment son pied.

— Tim ? Cecilia. Heureusement que vous êtes là ! Vic a pris un coup de froid et papa a l'air de s'inquiéter. Pouvez-vous monter chez lui ?

Elle écouta la réponse, puis conclut :

— D'accord, je vous retrouve là-bas !

Elle raccrocha et se tourna vers Gil.

— Je cours chez papa.

— Cecilia, dit-il patiemment, il est plus de dix heures et il pleut. Ton père est sur place, le vétérinaire arrive. Tu n'as pas besoin de te déranger !

— Tu ne comprends pas.

Elle se dirigea vers la porte.

— Vic est mon cheval. Je le monte depuis que j'ai quatorze ans. Je ne peux pas l'abandonner maintenant.

Elle sortit et il entendit ses pas sur le gravier. Il ne pouvait même pas l'accompagner à cause de Jennifer qui dormait. Il revint s'installer devant la télévision mais aurait été incapable de dire ce qu'il regardait si on le lui avait demandé.

A trois heures du matin, il s'y trouvait encore quand il entendit Tim Curran raccompagner Cecilia. La voiture s'était arrêtée devant la cuisine et il vint à leur rencontre. La lumière vive éclaira le visage du vétérinaire qui paraissait épuisé.

— Je suis désolé, Cecilia, disait-il.

La jeune femme tournait le dos à Gil.

— Je sais, dit-elle doucement. Vous avez fait tout ce que vous pouviez, je vous en remercie.

Elle le serra brièvement dans ses bras mais il resta de glace.

— Allez vous coucher, maintenant, reprit-elle.

Tim venait d'apercevoir Gil.

— D'accord, répondit-il.

Les deux hommes n'échangèrent pas une parole et Tim, tournant les talons, disparut dans la nuit. Cecilia demeura un instant immobile, puis elle jeta un bref regard derrière elle, vit son mari appuyé au chambranle de la porte, l'air impassible.

Elle, en revanche, portait de larges cernes noirs sous les yeux et un pli amer au coin de la bouche.

— Il est mort, dit-elle seulement.

Pour la première fois de sa vie, Gil fit passer sa compassion avant lui-même. Il vint à elle et lui ouvrit les bras.

Elle se blottit contre lui, contre cette chaude tendresse qui venait tout d'un coup accueillir son chagrin, et se mit à pleurer. Il l'emmena jusqu'à leur chambre. Elle avait caché la tête dans son épaule, il sentait les sanglots lui secouer la poitrine.

— Je sais, mon chaton.

Il ne chercha pas d'autres paroles de réconfort, parce qu'il n'en existait pas et qu'elle avait seulement besoin d'une présence chaleureuse.

Il ouvrit la porte de la chambre, la fit asseoir dans un fauteuil, lui apporta un verre de brandy qu'elle but à travers ses larmes tandis qu'il lui faisait couler un bain.

Il s'agenouilla devant elle, lui ôta ses bottes et ses chaussettes.

— Debout ! dit-il.

Elle obéit mécaniquement. Ses pleurs s'apaisaient. Elle se laissa déshabiller et mener vers la salle de bains.

L'eau chaude lui redonna courage et elle poussa un grand soupir, puis se savonna elle-même et se rinça sous la douche. Il lui tendit un peignoir, lui dit de se sécher pendant qu'il allait chercher sa chemise de nuit qu'il l'aida à enfiler.

Il la mit au lit et, quand enfin il vint s'étendre à
côté d'elle, il entendit une petite voix :

— Gil ?

Il se tourna, la prit dans ses bras et elle appuya
sa tête contre son épaule, merveilleusement
apaisée par sa tendresse.

— Dors bien, mon chaton, murmura-t-il.

Pelotonnée dans la tiédeur du nid qu'il avait
formé autour d'elle, elle ferma les yeux.

Elle s'éveilla à la même heure que tous les
jours, trois heures plus tard, dans la lumière
grise du petit matin. Elle bougea doucement
pour ne pas gêner Gil qui ne l'avait pas lâchée.

Mais à peine eut-elle esquissé un geste qu'il
soupira.

— Tu ne te lèves pas déjà ? marmonna-t-il.

— Il le faut bien.

Elle repoussa ses cheveux en arrière. Elle se
sentait encore recrue.

— La classe de Jenny fait une sortie aujour-
d'hui et j'ai promis à Mme Arnold de l'aider.

Gil paraissait très jeune avec ses cheveux
embroussaillés, mais il n'en perdit pas pour
autant son autorité :

— Tu ne vas nulle part aujourd'hui. Tu restes
au lit toute la matinée. Je ne veux pas te voir
fatiguée comme ça. Quelqu'un d'autre ira à ta
place.

— Qui ? J'ai déjà essayé de me faire remplacer. Je ne peux pas laisser Mme Arnold se
débrouiller avec vingt enfants, dont treize
garçons !

124

Il secoua la tête, résigné.

— Tu y es déjà allée la dernière fois. Pourquoi est-ce toujours toi ?

Elle soupira.

— Parce que je ne travaille pas.

Elle repoussa ses couvertures.

— Reste là ! dit Gil.

— Mais...

Elle écarquilla les yeux tandis qu'il sortait du lit.

— J'irai, moi, reprit-il.

— Toi ?

— Oui. J'aurai certainement plus d'autorité que toi sur les garçons.

Elle s'étendit en souriant.

— C'est probable.

— Où vont-ils, ces petits monstres ? demanda-t-il en bâillant.

— A l'aquarium de Mystic.

— Bien. En bus scolaire ?

— Oui.

Elle s'assit de nouveau.

— Ce n'est pas à toi de faire ce genre de chose, mon chéri. J'y vais.

Il lui jeta un regard qui la força presque à se cacher sous les couvertures.

— Dors ! Et à ce soir ! Je passerai chez ton père chercher le break avec Frank.

Elle demeura un long moment les yeux rivés au plafond. Jenny allait être folle de joie de passer la journée avec son père. Il l'aimait tant. C'était d'ailleurs parce qu'il l'aimait qu'il avait voulu épouser une personne capable de remplacer sa mère. Heureuse Jenny, pensa-t-elle effondrée, d'avoir pu susciter son amour. Elle, elle n'avait droit qu'à sa sollicitude, et cela ne lui suffisait pas.

Chapitre 13

LE MARDI 3 NOVEMBRE AU SOIR, GIL ET RICARDO, EN tenue sombre et cravate noire, s'installèrent à des places réservées au Madison Square Garden de New York. C'était la soirée d'ouverture de la grande Parade nationale du cheval, un événement attendu de toute la haute société. Jennifer s'était assise au milieu d'eux et Cecilia attendait, loin au-dessous, parmi les concurrents pour la première épreuve dotée de deux mille cinq cents dollars de prix.

Elle avait acheté un autre cheval, deux semaines auparavant, à Maisie qui ne pouvait faire concourir le sien faute d'une cavalière capable de le diriger.

— Soleil est un merveilleux sauteur, lui avait-elle expliqué, mais ma belle-fille vient de se casser le poignet et je connais peu de femmes assez douces et fermes à la fois pour le dominer.

Quant aux hommes, ajouta-t-elle en riant, il ne les supporte pas.

Malgré son nom, c'était un étalon à la belle robe noire et veloutée, au caractère ombrageux, qui n'obéissait qu'à la voix mais se pliait aux quatre volontés de ceux qu'il avait adoptés. Un cheval sublime avec lequel Cecilia s'entendit immédiatement.

Avec Tsar, elle en aurait donc deux à présenter au concours, ce qui combla Ricardo de joie. Il expliqua à Gil que ce n'étaient pas les chevaux qui étaient déclarés vainqueurs de ce concours de saut d'obstacles, mais le cavalier. Le trophée allait à celui qui avait cumulé le plus grand nombre de points sur ces six jours, en montant un ou deux chevaux.

— Naturellement, acheva-t-il avec un clin d'œil, celui qui en a deux met beaucoup plus de chances de son côté.

— Naturellement, acquiesça Gil.

Les applaudissements s'apaisèrent tandis que Cecilia et Tsar quittaient la piste.

— Remarquable ! observa un spectateur.

Eclatant de fierté, Ricardo se retourna tandis que Jenny s'écriait :

— C'est ma maman !

Ce qui fit rire tout leur entourage immédiat. Gil et Ricardo échangèrent un signe de complicité.

Cecilia se joignit à eux juste avant l'entracte, toujours en tenue de cavalière. Elle paraissait si mince qu'on ne l'aurait jamais crue enceinte de deux mois.

— Où est ta coupe ? demanda Jenny.

— Je l'ai donnée à Frank pour qu'il l'emporte à la maison. Il t'attend, Jenny. L'entracte va commencer et tu devras partir.

— Bon, bon, maugréa la petite sans trop oser protester.

C'était la condition absolue pour qu'elle assiste à cette manifestation. Elle se laissa conduire à la voiture.

— Sois gentille avec Nora, murmura Cecilia, et tu reviendras samedi.

— D'accord, dit la fillette d'un ton important.

Cecilia et Gil passaient la fin de la semaine à New York tandis que Jenny rentrait dans le Connecticut.

— Tu as été super, reprit-elle. J'espère que tu gagneras tous tes parcours.

Cecilia éclata de rire.

— Ce serait trop beau ! Mais je l'espère aussi. Bonne nuit, Jenny !

— Bonne nuit, ma chérie.

Gil se pencha pour embrasser sa fille, puis il la fit entrer dans la voiture et Frank démarra. Cecilia et Gil regagnèrent leurs places.

— J'ai l'impression que ton père connaît au moins la moitié des spectateurs, dit-il en prenant l'escalator.

— Tu ne dois pas être loin de la vérité. Il est dans son élément, ici.

— Es-tu certaine de vouloir te rendre à cette réception après ? Je ne veux pas te ramener sur les genoux !

— Nous n'aurons pas besoin de rester long-

129

temps, mais je crois que nous leur devons au moins une courte apparition.

Elle le prit par le bras.

— Je m'en veux de t'imposer ces spectacles si spécialisés, ces gens fanatiques de chevaux...

— Tout ça n'aurait pas d'importance si tu ne risquais pas de te fatiguer.

— Nous n'y ferons qu'un saut, je te le promets.

— Très bien.

Ils se glissèrent à leurs places où les attendait Ricardo.

Gil revint au Garden le lendemain soir pour voir Cecilia tenter deux parcours. Il ne vit pas celui du jeudi après-midi, où elle remporta de nouveau une première place avec Tsar et une troisième avec Soleil. Mais, le soir, une épreuve spéciale avait été préparée pour les chevaux les plus puissants, avec des obstacles très hauts.

— Ici, les cavaliers n'ont droit qu'à une monture, dit Ricardo. De toute façon, Tsar n'est pas fait pour ce genre de saut, alors que Soleil s'y distinguera certainement.

— Les cavaliers de classe internationale y concourent aussi ?

— Oui, c'est un exercice ouvert aux professionnels comme aux champions amateurs.

— Quelle est la hauteur maximale jamais atteinte par un cheval ?

— Deux mètres vingt.

— Seigneur !

Maintenant, Gil comprenait pourquoi elle

s'était montrée si évasive à propos de cette épreuve.

Le premier cheval se présenta et son nom fut annoncé dans les haut-parleurs. Cecilia n'était qu'en dixième position. Il avait tout le temps de s'inquiéter et se tassa dans son fauteuil.

Quand arriva le tour de sa femme, quatre chevaux seulement avaient passé l'obstacle. La voix retentit dans le micro :

— Cecilia Archer sur Soleil.

Elle se plaça face au mur et le franchit sans peine.

Au second essai, ils ne restèrent que trois concurrents sur dix, dont Cecilia. Gil se tourna vers son beau-père :

— C'est de la folie ! Je ne l'aurais jamais laissée faire si j'avais su ! Enfin, Ricardo, avez-vous oublié qu'elle est enceinte ?

— Cecilia sait ce qu'elle fait, répliqua-t-il, imperturbable. Et puis, ajouta-t-il en le regardant dans les yeux, elle n'intervient pas dans votre métier, que je sache ?

— Cela n'a rien à voir.

— Ah non ? C'est son grand jour, et elle a travaillé pour réussir. Elle est l'une des cavalières les plus douées du monde, et je ne dis pas cela parce que c'est ma fille. Elle a un instinct infaillible des chevaux, on dirait parfois qu'elle pense à leur place.

La barrière se leva pour laisser entrer le cheval italien Fabrizio.

— Regardez ! ordonna Ricardo.

Le cavalier s'avança devant un obstacle de

deux mètres huit et le sauta avec une aisance remarquable.

— Il est excellent, murmura Ricardo.

— Qui ? demanda Gil, le cheval ou le cavalier ?

— Les deux. Voici Cecilia.

Inconsciemment, il serra les poings sur son programme. Il regarda sa femme lancer Soleil et dit à Ricardo :

— Elle va trop lentement !

— Non. Il prendra sa vitesse tout seul. Elle n'a qu'à bien le lancer.

Il achevait à peine sa phrase qu'elle franchissait le mur debout sur ses étriers pour reprendre aussitôt son assiette et atterrir en douceur.

— Magnifique ! s'exclama Ricardo.

Le troisième cavalier, un Britannique, n'eut pas la bonne fortune des deux premiers. Il passa par-dessus le muret, mais sans son cheval qui venait de faire un refus.

Le jury annonça qu'il y aurait un quatrième saut pour départager Giorgio Luchiani et Cecilia Archer. Le mur allait être monté à deux mètres quinze.

— Mon Dieu ! s'exclama Gil.

Ricardo ne l'avait jamais vu si pâle, mais il ne dit rien.

— A quelle hauteur maximale Cecilia a-t-elle déjà sauté ? demanda Gil sans le regarder.

— Avant ce soir ?

— Oui.

— Deux mètres cinq.

— Bien, parfait ! Et si le cheval refuse ?

— Ne vous inquiétez pas, Gil, c'est un champion.

Mais Ricardo lui-même n'était plus très rassuré. Il ne s'attendait pas à voir cet animal réussir de telles performances.

Le cavalier italien se présenta à la barrière. Giorgio Luchiani était un vétéran qui ne commettrait pas la faute de se précipiter au triple galop sur le mur. Il enleva son cheval à une hauteur impressionnante mais, à l'ultime seconde, les membres arrière touchèrent deux briques qui tombèrent.

— Il a voulu décoller trop vite, dit Ricardo. C'est une tentation fréquente face à ces grands obstacles. J'espère que Cecilia saura attendre.

La foule éclata en applaudissements quand Cecilia pénétra sur la piste. Elle paraissait calme quand elle vint se placer face à l'obstacle.

— Deux mètres, *niña*, murmura Ricardo, ne saute pas plus de deux mètres.

Soleil galopait vers le mur qui paraissait incroyablement haut, incroyablement dangereux. Elle se pencha en avant et le grand cheval noir s'envola. Gil ferma les paupières.

Un rugissement balaya la foule. Il rouvrit les yeux et regarda. Cecilia était toujours sur sa selle et flattait son cheval. Le mur restait intact.

— Elle a réussi, dit-il.

— Elle a réussi, répondit Ricardo. Sans expérience, par pur instinct! Quelle cavalière! Bravo, *niña*!

La foule se leva pour mieux acclamer la jeune femme et son animal dont les oreilles allaient et venaient comme s'il savourait lui aussi son triomphe.

Elle leva la tête, aperçut son père et son mari, leur adressa un signe. Gil lui fit comprendre, d'un geste menaçant de la main, la peur qu'il venait d'éprouver, et elle rit. A cet instant, Cecilia Archer était l'idole du Madison Square Garden, mais il restait deux jours de concours et elle devait maintenir la pression.

Chapitre 14

LE DIMANCHE SOIR, LA GRANDE PARADE NATIONALE DU cheval ferma ses portes avec le trophée du saut d'obstacles et c'est Cecilia Archer qui l'emporta. Son mari, son père et sa belle-fille se trouvaient parmi le public quand elle le reçut.

A la soirée qui suivit, la jeune femme fut assaillie par les admirateurs. Gil l'observait de loin. Elle avait gardé sa tenue de cavalière qui lui donnait une silhouette de jeune garçon, mais retiré sa bombe, laissant voir ses cheveux en catogan. Gil but une coupe de champagne après l'avoir levée à sa santé au moment où elle lui adressait un regard.

Une heure plus tard, elle put enfin le rejoindre alors qu'il discutait avec le colonel Carbone, l'entraîneur de l'équipe italienne. Gil lui sourit et la prit par le bras.

— Prête ?

— Oui.

Elle adressa un salut de la tête au colonel.

— Je vous souhaite un cheval comme Soleil, dit-elle gentiment. Vous feriez des merveilles !

— Vous avez été magnifique, madame. Votre père éclate de fierté !

— Il le peut. C'est lui qui m'a tout appris.

Le colonel lui baisa la main et se tourna vers Gil :

— Et vous, monsieur, vous êtes un homme heureux !

— En effet, répondit celui-ci avec un demi-sourire. Je vous souhaite une bonne soirée.

— Bonsoir.

Il s'inclina et s'éloigna tandis que Gil et Cecilia se dirigeaient vers la sortie. Ils devaient encore passer cette nuit à l'appartement. Frank viendrait le lendemain avec le van pour emmener aussi les chevaux. Ricardo était resté avec eux toute cette semaine, mais ce soir il avait décidé d'être le dernier à quitter la réception. Il rayonnait, pour le plus grand bonheur de Cecilia. Jenny était retournée dans le Connecticut avec Frank, aussi pénétrèrent-ils tous deux dans un appartement vide à une heure et demie du matin. Gil débarrassa la jeune femme de son manteau.

— Veux-tu boire quelque chose ? demanda-t-il.

— Du jus d'orange.

Ils se rendirent dans la cuisine. Cecilia pressa un fruit dans un verre tandis que Gil se préparait un scotch. Elle s'assit devant la table, étendit les jambes.

— Pourquoi n'enlèves-tu pas tes bottes ?

demanda-t-il. Je suis sûr qu'elles te serrent à cette heure-ci.

Et sans attendre de réponse, il alla dans la chambre lui chercher ses pantoufles puis l'aida à se débarrasser des hautes bottes cavalières noires.

— Ah! soupira-t-elle. Quel bonheur!

Elle but un peu de son jus d'orange.

— Je me demande si je ne devrais pas louer mes chevaux aux équipes nationales quelque temps, murmura-t-elle. Je ne pourrai pas beaucoup leur donner d'exercice dans les mois à venir.

— Il n'en est pas question, protesta Gil. Ce sont tes chevaux, tu les as bien en main, je ne veux pas que tu les prêtes à quiconque. Nous les ferons travailler ici. Le bébé est prévu pour mai, tu pourras les monter à nouveau dès cet été.

Elle ouvrit de grands yeux.

— Tu ne verrais pas d'inconvénient à ce que je reprenne mon entraînement?

— Bien sûr que non.

Elle le contempla, incrédule. Elle avait toujours cru qu'il n'aimait pas la voir monter, comme si l'équitation l'éloignait de ses responsabilités.

— J'ai été très fier de toi cette semaine, reprit-il.

Elle rougit.

— Vraiment, Gil? J'en suis si heureuse!

Elle avait ouvert le col de sa chemise qui dévoila son cou gracile. La vue de cette peau nacrée le troubla quelque peu.

— Va te coucher ! dit-il brusquement. Tu dois être épuisée. A demain.

— Tu ne dors pas ici ?

— Si, mais tout à l'heure.

Elle le considéra d'un regard peiné mais acquiesça. Elle fit le tour de la table, passa devant lui qui continuait de fixer son verre de scotch, déposa un baiser sur ses cheveux blonds, après une légère hésitation.

— Bonne nuit, Gil.

— Bonne nuit, mon chaton.

Elle partit dans la chambre tandis qu'il terminait son verre. Il se leva pour s'en verser un second qu'il emporta dans le salon et s'assit pesamment dans un profond fauteuil, étirant ses jambes devant lui. Il avait laissé allumée la lampe de la cuisine qui l'éclairait assez. Il buvait son scotch à petites gorgées, absorbé par les mille pensées qui le préoccupaient depuis quelque temps.

Il songeait à ce que Ricardo lui avait dit jeudi soir à propos de son travail. Cecilia ne s'en mêlait pas, il n'avait donc pas à se mêler du sien.

Vargas avait raison. Il avait toujours considéré l'équitation comme un aimable passe-temps pour sa femme, sans tenir compte des années et des années d'entraînement qu'elle y avait consacrées. Quand elle lui parlait de Tsar, il écoutait poliment et passait à autre chose.

En épousant cette jeune femme, il satisfaisait un merveilleux caprice qui lui apportait un être ravissant et somme toute exceptionnel. Pas une fois il ne s'était demandé si elle l'avait voulu, elle. Il avait cru qu'en se mariant, elle allait modeler sa vie sur la sienne ; pas un instant il ne s'était dit qu'il pourrait apporter quelques accommodements à son rythme à lui.

— Aimerais-tu avoir d'autres enfants ? lui avait-elle demandé.

Et il avait répondu :

— Oui.

Sans se poser de questions sur ce qu'elle en pensait. Sans se rendre compte que la venue d'un bébé la forcerait à abandonner l'activité qu'elle aimait le plus au monde.

Il avait toujours considéré que la terre tournait autour de Gilbert Archer. Ce n'était pas très agréable à reconnaître. Tout ce qu'il avait désiré, il se l'était donné et, si le résultat n'était pas conforme à son désir, il le rejetait, comme il avait presque rejeté Cecilia au cours de cette terrible soirée après avoir vu Tim Curran. Comme il avait rejeté Barbara. Tout à coup, il comprenait sa responsabilité dans la conduite de sa première femme. Elle l'avait aimé, et il n'en avait pas fait cas.

Il imaginait mieux, maintenant, ce qu'elle avait pu ressentir. Il aimait Cecilia. Et Cecilia ne l'aimait pas. Comment le pourrait-elle après la façon dont il l'avait traitée ?

Il avait pourtant plus de chance qu'avec Barbara, car Cecilia était gentille. Son visage reflétait sa pureté et elle ne ferait jamais rien pour le blesser. Peut-être aimait-elle Tim Curran, mais elle assumerait son mariage jusqu'au bout. Elle n'était pas de celles qui reviennent sur leurs promesses.

Où en était-il dès lors ? Il se retrouvait dans

une situation impossible. Elle était sa femme, sauf pour ce qui, il avait fini par le comprendre, comptait le plus. Il voulait son amour, en quoi il ne pourrait jamais la forcer, ni elle se forcer.

Il ne lui restait qu'une solution décente, donc, qui consistait à la laisser seule. Il ne devait pas l'envahir comme il l'avait fait jusqu'ici, mais lui abandonner toute liberté, toute latitude de faire ce qu'elle voudrait. Curieusement, il ne la voyait pas en train de se précipiter dans les bras de Tim Curran ou de quiconque d'autre. Il avait beaucoup appris depuis qu'il l'avait épousée. Avant de la rencontrer, il ne se faisait pas une très haute opinion des femmes. Encore une chose qui venait de changer. Son avenir lui paraissait obscur. Comment la laisser seule malgré les sentiments qu'il éprouvait pour elle ?

Au cours des semaines suivantes, Gil s'efforça de s'en tenir à la conduite qu'il s'était dictée. Et Cecilia de penser qu'il avait définitivement perdu tout sentiment pour elle. Jusque-là, elle s'était réfugiée dans l'idée consolante que, s'il ne l'aimait pas beaucoup, au moins l'appréciait-il physiquement. Désormais, il ne semblait même plus éprouver le moindre désir envers elle. Elle pensa que le bébé en était la cause. Il paraissait très soucieux de sa santé, toujours prêt à accourir pour lui prêter main-forte.

Mais il paraissait douter de ses capacités, la trouver trop jeune pour la mêler à sa vie. A l'occasion de Noël, il préféra inviter ses collaborateurs dans un grand hôtel de New York plutôt qu'aux Charmes, prétendant que cette réception représenterait un trop grand travail pour elle. Elle n'osa pas protester.

Il avait maigri, comme s'il vivait sur les nerfs. Elle s'inquiétait de son état mais ne savait comment l'interroger. Elle craignait qu'il ne regrettât de l'avoir épousée, elle se demandait s'il ne voyait pas Liz à New York.

Mais elle préférait ne rien dire.

Chapitre 15

AU DÉBUT DE DÉCEMBRE, CECILIA ET GIL REÇURENT une invitation chez Maisie Winter, à Greenwich. Elle la montra à son mari le soir même.

— Ça m'a l'air sympathique, observa-t-elle. Aimerais-tu y aller ?

— Bien sûr, si cela te tente.

Ils ne s'adressaient plus l'un à l'autre qu'en ces termes courtois.

— Il faudra que je songe à m'acheter une robe de maternité.

Elle pouvait encore se serrer dans ses pantalons, mais à une réception elle se devait d'avoir l'air habillée.

— Prends-en plusieurs. Je veux que tu te sentes à l'aise dans tes vêtements.

Elle fut heureusement surprise par la diversité des modèles qu'elle trouva dans le magasin. Elle choisit, pour la soirée de Maisie, un ensemble en velours bordeaux avec une jupe ample qui pouvait encore laisser planer quelque illusion sur sa minceur.

Tandis qu'elle s'habillait avant de partir pour Greenwich, Gil lui apporta un petit paquet qu'il dit « en avance sur Noël ». C'était un rang de perles fines, au merveilleux orient rosé qui soulignait la carnation éclatante de son teint.

— Merci, Gil, murmura-t-elle, les yeux brillants.

— Ce n'est rien.

Il ne souriait pas.

— Es-tu prête ?

Elle quitta sa coiffeuse.

— Oui.

Ils dirent bonsoir à Jenny et prirent place dans la voiture. Gil conduisait. Aucun d'eux n'ouvrit la bouche jusqu'à ce qu'apparaissent les lumières de la maison des Winter. Cecilia avait la désespérante impression qu'ils ne cherchaient même plus à entretenir une discussion polie.

Beaucoup d'invités se pressaient dans les grands salons de Maisie et, bien que ne connaissant que peu d'entre eux, Cecilia eût aimé s'y amuser. Mais son esprit était ailleurs. Les perles pesaient sur son cou. Elle n'en pouvait plus. Si seulement elle ne tenait pas tant à Gil. Tout en faisant mine de s'intéresser à la conversation de Ben Carruthers, elle le cherchait instinctivement des yeux, parmi la foule qui n'avait pas tardé à l'engloutir. Elle finit par le repérer. Il se tenait auprès d'une fenêtre, en grande discussion avec Liz Lewis. Cecilia tressaillit si violemment qu'elle en répandit un peu de son cocktail de fruits sur sa robe. Ben se précipita aussitôt mais elle tenta de le rassurer :

— Ce n'est rien, dit-elle en frottant la main sur le velours de sa jupe, je passerai un peu d'eau dessus tout à l'heure.

— Laissez-moi au moins remplir votre verre.

Elle acquiesça en souriant.

De loin, elle voyait Gil et Liz qui se mettaient à danser.

Deux heures plus tard, elle se rendit dans la chambre que Maisie avait laissée à la disposition des dames. Elle ne parvenait à se débarrasser d'un mal de tête persistant et rêvait de quelques instants de quiétude. Elle ouvrit la porte pour trouver, face à la coiffeuse, Liz Lewis en train de se mettre du rouge à lèvres.

— Oh ! Pardon !

Prenant sur elle-même, la jeune femme entra en souriant.

— Comment allez-vous, Liz ? demanda-t-elle d'une voix douce.

— Bien, merci.

Elle esquissa un demi-tour pour regarder Cecilia en face :

— Mais Gil ne me paraît pas très en forme, en revanche !

Désemparée par cette remarque, son interlocutrice s'assit sur le lit et ferma un instant les yeux en soupirant :

— Non. Il travaille trop.

— D'habitude, il supportait mieux la fatigue. Mais il n'est plus aussi jeune qu'il voudrait le croire.

— Gil ?

144

— Oui. Nous parlons bien de lui en ce moment.

— Je ne vois pas où vous voulez en venir !

— Ecoutez, ma chère, je le connais depuis longtemps. Et je puis vous dire qu'il existe un domaine pour lequel il se sous-estime complètement. Il connaît ses talents de journaliste, d'homme d'affaires, de sportif, mais il ne se rend pas compte de son pouvoir sur les femmes.

Elle se leva, prit son sac.

— Oh ! poursuivit-elle, il se doute qu'il les attire. Il n'est pas fou. Mais l'effet qu'il produit sur nous quand il nous prend dans ses bras... non, cela il ne s'en rend pas compte.

Elle eut un sourire amer.

— Il n'a jamais fait exprès d'être cruel, ni avec Barbara ni avec moi.

Le silence qui s'ensuivit l'incita à envoyer sa dernière pique :

— Il se trouve trop vieux pour vous.

— Pardon ?

Cette fois, Cecilia la regarda dans les yeux.

La belle New-Yorkaise éclata de rire, comme si elle lançait une boutade.

— Oui, il vient de me le dire. Amusant, non ? Elle se dirigea vers la porte.

— Je ne vous pardonnerai jamais ce que vous avez fait, Cecilia !

Elle sortit, laissant la jeune femme atterrée sur le bord du lit, qui essayait de comprendre tout ce qu'elle venait d'entendre. Qu'avait voulu dire Liz ? Quelles en pouvaient être les implications ? Elle demeura près d'un quart d'heure à l'abri du silence de la chambre. Elle avait envie de rentrer. Elle avait beaucoup de choses à demander à Gil.

L'entreprise se révéla plus difficile que Cecilia ne l'avait cru. Leur retour à la maison ne se déroula pas dans le même silence qu'à l'aller. Il ne cessait de bavarder, racontant les moindres détails qu'il avait observés au cours de la soirée et elle ne put réussir à capter son attention pour aborder les questions qui lui tenaient à cœur. Ce n'est qu'une fois dans leur chambre qu'il se tut enfin.

Elle s'assit devant sa coiffeuse, enleva son rang de perles.

— Veux-tu m'aider à défaire ma robe, s'il te plaît ?

Il vint derrière elle et elle sentit ses mains dégrafer le col et tirer sur la fermeture Eclair. La robe glissa sur ses épaules et d'un geste la jeune femme s'en débarrassa complètement. Il n'avait pas bougé et, en retombant, ses mains effleurèrent les bras nus. Cecilia s'adossa contre lui et le saisit par les poignets pour poser ses paumes contre ses seins. Aussitôt une douce émotion s'empara d'elle. Il tenta de s'éloigner, mais elle le retint, le sentit retenir son souffle. Il se libéra brusquement et partit vers la fenêtre.

— A quoi joues-tu ? demanda-t-il d'un ton glacial.

Sa respiration rapide le trahissait pourtant, comme s'il venait de courir.

Elle ne répondit pas tout de suite mais se retourna, contempla cette silhouette en smoking qui lui tournait le dos. Que lui arrivait-il ? S'il ne

146

ressentait rien pour elle, il n'aurait pas réagi avec cette brusquerie, ni reculé à une telle distance d'elle. Une telle attitude n'était possible que s'il avait éprouvé une véritable répulsion à son endroit, mais cela, précisément, elle ne le croyait pas.

— Gil.

Elle s'aperçut que sa gorge la brûlait tandis que des larmes coulaient sur ses joues.

— Mon chéri, je t'en prie, regarde-moi !

Il se retourna, comme à contrecœur, le visage blême.

— Que veux-tu ?

Son attitude l'effraya. Et si elle se trompait ? Et s'il éprouvait vraiment de la répulsion pour elle ? La tension qui régnait entre eux depuis des mois éclata soudain et elle partit d'un long sanglot douloureux. Derrière un rideau de larmes, elle le vit qui venait à elle.

— Cecilia, que t'arrive-t-il ?

Elle voulut réprimer ses pleurs mais n'y parvint pas. Il se pencha sur sa chaise.

— Mon chaton, arrête. Qu'est-ce qu'il y a ?

Elle s'agrippa à son cou et se leva pour mieux réfugier sa tête contre son épaule.

— Je t'aime tant, articula-t-elle. Et toi, tu ne m'aimes pas !

— Je ne t'aime pas ?

Il la serra contre lui avec une violence qu'elle ne lui connaissait plus.

— Mais que veux-tu dire ? Moi, je ne t'aime pas ?

— Non, hoqueta-t-elle. Tu ne m'as épousée que pour Jenny ! Cela me brise le cœur.

— Cecilia !

Sa voix se cassa.

— Mon amour, ma chérie, mon ange ! Je ne comprends pas pourquoi tu dis cela !

Elle leva son visage baigné de larmes.

— Tu m'as épousée parce que tu cherchais une mère pour Jenny.

Il posa sur elle un regard étrange.

— Est-ce vraiment ce que tu crois ?

— Oui.

— Eh bien ! c'est faux !

Il chassa de son visage les mèches humides qui l'envahissaient.

— Je t'ai épousée parce que je t'aime.

Il parut se reprendre et demanda lentement :

— Et toi, pourquoi m'as-tu épousé ?

— Parce que je trouvais que tu étais l'homme le plus merveilleux du monde et que je t'aimais.

— Et, poursuivit-il sur le même ton, qu'en est-il de Tim Curran ?

Elle ouvrit grand les yeux.

— Que vient faire Tim ici ?

— J'imaginais que tu pourrais peut-être l'aimer.

Elle le regarda fixement. Pour la première fois depuis des mois, il ne tenta pas de masquer son expression. Elle recula.

— Gilbert Archer, articula-t-elle dans un souffle, je n'arrive pas à croire que tu aies pu te mettre en tête des idées aussi insensées !

— En ce qui te concerne, je puis effectivement me conduire de façon insensée.

Elle s'était tellement écartée de lui qu'il restait maintenant seul face à elle, les bras ballants.

— Dis-moi, Cecilia, reprit-il doucement, dis-moi combien j'ai été insensé.

Sa robe était restée au pied de la chaise, enroulée comme une riche draperie ; elle-même ne gardait qu'une fine combinaison de dentelle. Ses cheveux s'étaient éparpillés en mèches rebelles autour de ses épaules.

— Je t'aime, dit-elle. Je t'ai toujours aimé. Je t'aimerai toujours.

Il prit une expression complètement figée en l'écoutant prononcer ces mots.

— Ces derniers mois je crois que j'aurais vendu mon âme pour t'entendre dire cela.

Il n'avait parlé qu'après un long silence et laissa passer de nouveau un temps avant de reprendre :

— J'ai cru que j'allais devenir fou à force de te voir m'échapper. Mais je ne pouvais oublier les circonstances dans lesquelles nous nous étions mariés.

— Quelles circonstances ?

— Une sorte de chantage que j'exerçais sur toi, tu le sais bien.

Ses mâchoires tremblaient.

— Tu as payé la clinique de mon père ?

— Oui.

Elle le regarda, effondrée d'attendrissement. Le malheureux qui avait cru tout ce temps...

— Je n'avais pas besoin de chantage. Crois-tu que c'est pour cette raison que j'ai accepté ?

— Oui.

Il parvint cependant à lui offrir un sourire malicieux :

— Ce fut une leçon salutaire, crois-moi. Pour

la première fois de ma vie je me suis rendu compte que mes désirs n'allaient pas forcément dans le sens de ceux des autres.

Elle lui caressa la joue.

— Il y a une chose que j'aimerais, murmura-t-elle d'une voix étranglée, c'est que tu m'embrasses.

Il s'approcha d'elle, se pencha et ses lèvres effleurèrent celles de Cecilia. Elle passa les bras autour de sa ceinture, sentit ses muscles tendus.

— Gil.

Sa bouche volait si légèrement contre sa joue qu'elle se serra contre lui.

— Gil, je ne vais pas me casser !

Il parla comme s'il récitait une litanie :

— Je n'en suis pas si sûr. J'ai peur que tout ceci ne soit que le produit de ton incroyable gentillesse.

— Ne dis pas de bêtises !

Elle le repoussa en riant.

— Fais un effort, que diable !

Elle le contempla, les mains sur les hanches.

— Pour qui me prends-tu ? Si j'aimais Tim Curran, je me serais mariée avec lui. Nous ne sommes plus au Moyen Age, que je sache. Les filles ne sont plus soumises au bon plaisir de leur seigneur ! Je t'aime, ne cherche pas ailleurs dans ton esprit tortueux, et même si j'avais su à quel point tu pouvais...

— D'accord ! D'accord !

Enfin son visage se détendait. Il se mit à rire.

— Excuse-moi. Tu as raison... comme toujours.

— Parfait. Alors maintenant, embrasse-moi comme il faut !

Il s'exécuta aussitôt. Serrée contre lui, appuyée contre ce corps vigoureux et tendre, elle s'abandonna totalement à l'ivresse de ce baiser.

Il s'en rendit compte, secoua la tête, incrédule.

— Cecilia...

Il embrassait sa gorge, ses épaules, à nouveau sa bouche. Sans la lâcher, il l'entraîna vers le lit.

Il ne leur fallut pas longtemps pour achever de se débarrasser de leurs vêtements. La joie de se retrouver, les souffrances qui avaient été les leurs ces derniers mois décuplaient leur passion. Elle sentait dans les caresses de Gil une ardeur inconnue, tempérée par la tendresse qu'elle avait crue dissoute à jamais dans la vase de leurs malentendus. Elle se donnait tout entière à ce moment qu'elle n'espérait plus. Son corps s'enflammait, ses seins durcissaient sous les mains ferventes qui décrivaient leurs courbes et son ventre s'offrait au frôlement des lèvres câlines qui cherchaient là le nid où battait une nouvelle vie.

Elle passait et repassait les doigts dans ses cheveux épais.

— Gil.

Il laissait glisser sa main de la hanche à la cuisse et remontait, d'un mouvement doux. Elle gémit et se cambra quand la caresse se fit plus précise, l'appelant à elle.

Il aurait voulu prolonger ces retrouvailles des heures durant, venir lentement, doucement, lui donner tout le plaisir dont il était capable. Mais quand elle l'attira vers elle et cria son nom, il se sentit incapable d'attendre plus longtemps. Il lui semblait impossible de rester encore délicat et attentif, d'autant qu'elle-même ne paraissait pas plus y tenir.

Ils s'unirent avec le même feu qu'ils avaient mis à se consumer l'un l'autre, cherchant plus une communion totale qu'une satisfaction physique. Ils refirent connaissance avec leurs souvenirs et, lorsque enfin ils reposèrent apaisés dans les bras l'un de l'autre, ils éprouvèrent cet accomplissement que seul offre l'amour quand il est présent.

Elle s'étira langoureusement et déposa son baiser sur sa gorge.

— Je t'adore, murmura-t-elle.

Il frotta sa joue dans ses cheveux et l'attira plus près de lui.

— Je voudrais être l'empereur de l'univers pour pouvoir le déposer à tes pieds.

Elle réfléchit un instant.

— Je crois que j'aurais accepté.

Il sourit.

— Certainement. Imagine tous les chevaux que tu aurais alors possédés !

— Mais puisque tu ne peux m'offrir le monde, je me contenterai de toi.

Il jouait avec ses longues mèches brunes.

— J'ai beaucoup réfléchi, Cecilia, et je te promets que tu verras du changement. Je ne te promets pas de rentrer à cinq heures tous les soirs, parce que *News Report* ne me le permettra pas toujours, mais tu me verras beaucoup plus que par le passé.

Elle repoussa la tête en arrière pour pouvoir le regarder en face.

— En es-tu certain ?

— Oui.

Il parla tranquillement, gravement :

— Je me rends compte à présent combien je me suis conduit en égoïste, d'abord avec Jenny, puis avec toi. Il ne me venait même pas à l'esprit qu'avoir une femme et un enfant signifiait aussi quelques obligations de ma part. Je ne le concevais même pas.

Il la regardait et ses yeux gris paraissaient plus sombres qu'à l'accoutumée :

— Quand je me suis aperçu que je te voyais à peine — et tu m'as terriblement manqué au cours de mon voyage en Europe —, j'ai pensé que tu préférais sans doute ne pas trop me rencontrer. Tu avais l'air si occupée, si contente entre ton père, Jenny et tes chevaux.

— J'étais occupée, répliqua-t-elle, mais j'aurais préféré te voir souvent.

Il sourit mais son regard resta songeur.

— Comment se fait-il que nous soyons parvenus à en discuter ce soir ? D'où t'est venue cette idée de tout mettre sur la table ?

Elle hésita et lui révéla une partie de la vérité.

— A cause de ce que m'a dit Liz Lewis à la réception. Cela m'a incitée à réfléchir. Je croyais, vois-tu, que tu ne t'intéressais plus du tout à moi. Et la réflexion de Liz semblait prouver le contraire.

— Qu'a-t-elle dit ?

— Que tu te trouvais trop vieux pour moi.

Elle soutint son regard.

— Je me suis dit que si c'était vrai toute ton attitude à mon égard était éclairée d'un jour nouveau.

— Je vois.

— Tu ne m'avais pas approchée depuis des semaines. Quand j'ai posé tes mains sur ma poitrine, tu les as retirées comme si tu venais de te brûler. Ce n'était pas le geste d'un homme indifférent.

— Non, en effet.

— Alors j'ai pensé — j'ai espéré — que, si tu te tenais éloigné de moi c'était parce que tu croyais que je ne t'aimais plus. Je ne te soupçonnais pas capable d'une telle sottise d'autant que j'avais les jambes en coton chaque fois que tu me regardais, mais finalement je me suis dit qu'a-près tout tu n'étais peut-être qu'un sot !

Il souriait franchement.

— Je retire ce que j'ai dit, commenta-t-il. Je ne suis pas trop vieux pour toi. C'est toi qui es trop vieille pour moi !

— Alors prends-en de la graine, mon petit. Et dis-toi que tu as surtout besoin d'être aimé.

— Vraiment ?

— Vraiment.

Il s'approcha d'elle.

— Dans ce cas, je suggère que nous commencions les soins dès maintenant.

— Attends !

Elle protestait en riant tandis qu'il faisait mine de l'étendre sur l'oreiller.

— Ce n'est pas ce que je voulais dire !

— Et cesse de protester ! ordonna-t-il en l'embrassant.

Quand il se redressa, elle traça délicatement le contour de ses lèvres. Alors il lui sourit, d'un sourire infiniment doux, fascinant.

— Moi, protester ? répondit-elle tendrement. Jamais de la vie !

Ce livre de la *Série Coup de foudre* vous a plu.
Découvrez les autres séries Duo qui vous
enchanteront.

Désir, la série haute passion, vous propose
l'histoire d'une rencontre extraordinaire entre
deux êtres brûlants d'amour et de sensualité.
Désir vous fait vivre l'inoubliable.

Série Désir : 6 nouveaux titres par mois.

Harmonie vous entraîne dans les tourbillons d'une
aventure pleine de péripéties.
Harmonie, ce sont 224 pages de surprises et
d'amour, pour faire durer votre plaisir.

Série Harmonie : 4 nouveaux titres par mois.

Amour vous raconte le destin de couples
exceptionnels, unis par un amour profond et
déchirés par de soudaines tempêtes.
Amour vous passionnera, *Amour* vous étonnera.

Série Amour : 4 nouveaux titres par mois.

Série Coup de foudre : 4 nouveaux titres par mois.

DIANA MORGAN

Une inoubliable rencontre

Un piéton, une voiture, du verglas...
un choc! Marion Simpson vient de rencontrer
Brick Parker. Séduisant en diable,
plein d'énergie, il déroute la jeune femme
autant qu'il l'attire.

Mais une entente est-elle possible
entre une brillante universitaire, spécialiste
de littérature, et un champion de hockey
adulé du public? Marion n'a jamais
éprouvé pareil émoi.

Elle a beau s'en défendre, elle ne rêve plus
qu'à Brick, à son regard profond,
à son charme sauvage. Et si pour lui
ce n'était qu'un jeu?

Série Coup de foudre

JENNIFER DALE

Musique de rêve

– Tom Olivier? Jamais!

Judith Vanover est outrée. Elle,
l'imprésario des plus grands musiciens classiques,
devrait s'occuper de ce chanteur de rock
échevelé et barbare? Pourtant, il faut céder.
La rage au cœur, Judith se voit obligée de
rencontrer l'idole qu'elle déteste d'avance.

Et qui découvre-t-elle? Un être extraordinaire,
à la beauté sensuelle, à la voix envoûtante,
dont la présence magique la trouble profondément.

Sous son étrange pouvoir, et malgré
tous ses efforts, elle se sent fondre
inexorablement, comme la glace au soleil...

Série Coup de foudre

FRANCINE SHORE

Tant de désir

Chargée d'un reportage sur une nouvelle
usine, la jeune journaliste Lynn Edmonds
va devoir rencontrer celui que personne ne
connaît vraiment: le mystérieux Dane Vestry,
propriétaire de l'entreprise.

Comment pourrait-elle deviner que l'amour
les attend au rendez-vous?
Entre Dane et Lynn naît une merveilleuse
entente, faite de passion et de tendresse.

Hélas! Le patron de la jeune femme
insiste pour qu'elle profite de sa situation
et recueille les confidences
les plus indiscrètes. Que faire?
Renoncer à son bonheur tout neuf ou ruiner
sa carrière? Désespérée, Lynn doit
le reconnaître: elle est prise au piège.

Série Coup de foudre

Achevé d'imprimer sur les presses de l'Imprimerie Bussière
à Saint-Amand-Montrond (Cher)
le 22 avril 1985. ISBN : 2-277-82003-2.
N° 615. Dépôt légal mai 1985. Imprimé en France

Collections Duo
27, rue Cassette   75006 Paris
diffusion France et étranger : Flammarion

Coup de foudre